UNA NOCHE DE ENERO

JENNIE LUCAS

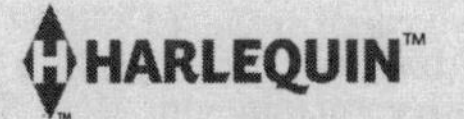

Editado por Harlequin Ibérica.
Una división de HarperCollins Ibérica, S.A.
Núñez de Balboa, 56
28001 Madrid

Una noche de enero, n.º 2604 - 21.2.18
Título original: Carrying the Spaniard's Child
Publicada originalmente por Mills & Boon®, Ltd., Londres.

I.S.B.N.: 978-84-9170-588-8
Depósito legal: M-33521-2017
Impresión en CPI (Barcelona)
Fecha impresion para Argentina: 20.8.18
Distribuidor exclusivo para España: LOGISTA
Distribuidores para México: CODIPLYRSA y Despacho Flores
Distribuidores para Argentina: Interior, DGP, S.A. Alvarado 2118. Cap. Fed./Buenos Aires y Gran Buenos Aires, VACCARO HNOS.

Capítulo 1

BELLE Langtry había odiado a Santiago Velázquez desde el momento que puso los ojos en él. Bueno, no exactamente desde ese momento. Al fin y al cabo, era humana. Cuando se conocieron, en la boda de Darius y Letty en septiembre, se había quedado mareada por aquel altísimo y guapísimo moreno de anchos hombros. Mirando sus profundos ojos oscuros había pensado: «vaya, los sueños se hacen realidad».

Pero entonces Santiago se había vuelto hacia el novio y había dicho en voz alta que «aún podía salir corriendo». Había sugerido que abandonase a la novia en el altar. ¡Y lo había dicho delante de Letty!

Desde ese momento Belle había odiado a Santiago con pasión. Cada palabra que pronunciaba era más cínica e irritante que la anterior y deseaba que le hiciese un favor al mundo y se tirase de un puente. Directa como era, no pudo evitar la tentación de decírselo a la cara y él respondió con una grosería. Y así había sido su relación durante los últimos cuatro meses.

Así que, por supuesto, tenía que ser él quien la encontrase a medianoche en el oscuro y nevado jardín de la finca de sus amigos. Llorando.

Temblando bajo su fino vestido negro, Belle miraba el salvaje océano Atlántico; el rítmico golpeteo de las olas a juego con los violentos latidos de su corazón.

Había estado cuidando del bebé de Letty mientras su amiga lloraba en el funeral de su padre, pero el dolor que sentía mientras abrazaba al niño dormido la había abrumado. Cuando el funeral terminó, había salido corriendo al jardín, murmurado una disculpa.

Fuera, un viento ártico helaba sus lágrimas mientras escudriñaba en la oscuridad, con el corazón roto.

Ella nunca tendría un hijo.

Nunca, parecía decirle el océano. Nunca, nunca.

–¿Belle? –escuchó una voz ronca tras ella–. ¿Estás ahí?

¡Santiago! Belle contuvo el aliento. El último hombre que querría que la viera en ese estado.

Podía imaginar la expresión arrogante en el rostro del español si la encontraba llorando por no poder tener un hijo. Intentando esconderse tras un arbusto, contuvo la respiración y rezó para que no la viese.

–Belle, no intentes esconderte –lo oyó decir con tono burlón–. Llevas un vestido negro, es imposible no verte entre la nieve.

Apretando los dientes, Belle salió de su escondite.

–No estaba escondiéndome.

–¿Qué haces aquí entonces?

–Necesitaba un poco de aire fresco –respondió ella para que la dejase en paz.

Un haz de luz desde una ventana del segundo piso iluminó el poderoso cuerpo de Santiago, con su traje oscuro y su elegante abrigo negro de cachemir. Cuando sus ojos se encontraron Belle sintió algo así como una descarga eléctrica.

Santiago Velázquez era demasiado guapo, pensó, sintiendo un escalofrío. Demasiado sexy. Demasiado poderoso. Demasiado rico.

Y también un egoísta y cínico mujeriego que solo era leal a su fortuna. Seguramente tendría cajas fuertes lo bastante grandes como para nadar en ellas. Se reía de cosas como la amabilidad o el respeto y, según decían, trataba a las chicas con las que se acostaba como empleadas.

Belle se cruzó de brazos y torció el gesto mientras Santiago se acercaba.

–No llevas abrigo –dijo él por fin.

–No tengo frío.

–Te castañetean los dientes, puedo oírlo desde aquí. ¿Estás intentando morir congelada?

–¿Y a ti qué te importa?

–¿A mí? No, no me importa –respondió él–. Si quieres morir de frío, estupendo. Pero me parece egoísta obligar a Letty a organizar otro funeral. Son tan tediosos los funerales. Y las bodas. Y los bautizos. Todo es tedioso.

–Cualquier relación humana que involucre alguna emoción te parece tediosa –replicó Belle.

Medía casi medio metro más que ella y llevaba su arrogancia como una capa. Había oído que algunas mujeres lo llamaban «el ángel» y podía entender el sobrenombre. Tenía el rostro de un ángel... un ángel oscuro, pensó, irritada. Si en el cielo necesitasen un matón para no dejar entrar a la gente sin importancia, él sería perfecto.

Santiago podía ser rico y guapo, pero también era el hombre más cínico, cruel y despreciable de la tierra. Era todo lo que ella odiaba.

–Espera un momento. ¿Estás llorando, Belle?

Ella parpadeó a toda velocidad para esconder la evidencia.

–No.

–Estás llorando –insistió Santiago, esbozando una sonrisa burlona–. Sé que tienes un corazón patéticamente blando, pero esto es demasiado incluso para ti.

Apenas conocías al padre de Letty y, sin embargo, te encuentro llorando después del funeral, sola en medio de la nieve como una trágica heroína victoriana.

Normalmente, esa burla no la hubiera sacado de sus casillas, pero aquel día era diferente. Belle tenía el corazón pesado, pero sabía que mostrar la menor emoción solo serviría para que Santiago se riese aún más.

–¿Qué es lo que quieres?

–Letty me ha pedido que viniese a buscarte porque tenía que acostar al niño. Así que debo llevarte a tu habitación y conectar la alarma cuando estés sana y salva.

Su voz ronca era tan masculina. Belle odiaba que, incluso detestándolo como lo detestaba, pudiese provocar en ella un escalofrío de deseo.

–He decidido que no voy a dormir aquí esta noche –le informó. Lo último que quería era pasar la noche dando vueltas y vueltas en la cama, con la única compañía de sus tristes pensamientos–. Quiero irme a casa.

–¿A Brooklyn? –exclamó Santiago, incrédulo–. Es demasiado tarde. Todos se han ido hace horas y han cerrado la autopista por el temporal de nieve.

–¿Por qué sigues tú aquí? ¿No tienes un helicóptero y un par de jets privados? No puedes haberte quedado porque Darius y Letty te importan de verdad.

–Las habitaciones son muy agradables y estoy cansado –respondió Santiago–. Hace dos días estaba en Sídney. Antes de eso, en Tokio y mañana me marcho a Londres.

–Pobrecito –se burló Belle, que siempre había soñado con viajar, pero nunca había tenido dinero para hacerlo.

–Agradezco que seas tan comprensiva –replicó él,

con una sonrisa burlona– pero si no te importa dejar el numerito de *Cumbres Borrascosas* me gustaría llevarte a tu habitación y después irme a dormir.

–Vete si quieres –Belle se dio la vuelta para que no viera su angustiada expresión–. Dile a Letty que me he ido. Tomaré un tren para volver a la ciudad.

–¿Y cómo piensas llegar a la estación? Dudo que haya trenes a esta hora...

–¡Entonces iré andando! –lo interrumpió ella–. No pienso dormir aquí.

Santiago la miró, sorprendido.

–Belle –empezó a decir, en un tono extrañamente amable, mientras levantaba una mano para rozar su mejilla–. ¿Qué te pasa?

Era la primera vez que la tocaba y, a pesar del frío, el roce de su mano consiguió encenderla.

–Si me pasara algo, no iba a contártelo a ti precisamente.

–Porque me odias, ya. Pero puedes contarme lo que sea porque te importa un bledo lo que yo opine.

–Eso es verdad –asintió Belle. Y era una tentación–. Pero tú se lo contarías a todo el mundo.

–¿He desvelado algún secreto?

–No que yo sepa –tuvo que admitir ella–. Pero no tienes corazón. Eres insultante, antipático, grosero...

–Solo a la cara, nunca a la espalda –la interrumpió Santiago–. Cuéntamelo, Belle –dijo luego, bajando la voz.

Las nubes ocultaron la luna y se quedaron un momento en la oscuridad. De repente, Belle estaba desesperada por contarle a alguien sus penas, a cualquiera. Aunque era cierto que no podía tener peor opinión de él. Y seguramente Santiago no podía tener peor opinión de ella.

Ese pensamiento era extrañamente tranquilizador.

No tenía que fingir con Santiago. No tenía que ser positiva y optimista todo el tiempo, la animadora que intentaba agradar a todo el mundo. Había aprendido desde muy joven a no mostrar sentimientos negativos porque si lo hacías la gente te dejaba; sobre todo la gente a la que más querías.

De modo que Santiago era el único al que debería contárselo, el único con el que podía ser ella misma. De hecho, si Santiago se apartaba de ella haría una fiesta para celebrarlo.

Belle tomó aire.

–Es el niño.

–¿Howie?

–Sí.

–Yo también lo paso mal cuando hay niños –Santiago puso los ojos en blanco–. Los pañales, los lloros. ¿Pero qué vamos a hacer? Algunas personas aún quieren tener hijos.

–Yo, por ejemplo –dijo Belle, mirándolo con lágrimas en los ojos–. Yo quiero tener un hijo.

Santiago la miró en silencio durante unos segundos y luego soltó un bufido.

–Ah, claro, porque eres una tonta romántica. Quieres amor, corazoncitos, todas esas bobadas –le dijo, encogiéndose de hombros–. ¿Y por qué lloras? Si eres tan tonta como para querer una familia, cásate, compra una casa, ten hijos. Nadie te lo impide.

–No, es que yo... no puedo quedarme embarazada –le contó Belle por fin–. Nunca. Es imposible.

–¿Cómo lo sabes?

–Lo sé porque... –Belle miró la nieve a sus pies, donde la luz de la luna formaba extrañas sombras–. Lo sé. Es imposible.

Luego se preparó para las inevitables preguntas. ¿Por qué era imposible? ¿Qué había pasado? ¿Cuándo?

Pero Santiago la sorprendió haciendo algo inesperado: sin decir una palabra la envolvió en su abrigo de cachemir y Belle sintió el consuelo de su calor, su fuerza, mientras le acariciaba el pelo.

–Todo se arreglará.

Belle levantó la mirada, con el corazón en la garganta.

–Debes pensar que soy una persona horrible –musitó–. Una mala amiga que envidia a Letty cuando la pobre acaba de perder a su padre. Me he pasado el día con su hijo en brazos y envidiándola. Soy la peor amiga del mundo...

–Calla –la interrumpió él, tomando su cara entre las manos–. Lo que pienso es que eres una ingenua, que vives en las nubes. Algún día te quitarás esas gafas de color de rosa y descubrirás la verdad sobre este mundo cruel.

–Yo...

Santiago puso un dedo sobre sus labios.

–Pero incluso yo puedo ver que eres una buena amiga.

El dedo era tan cálido que Belle experimentó el extraño deseo de besarlo, de envolverlo con sus labios y chupar suavemente. Nunca había sentido nada así... ella, una virgen inexperta. Pero aunque lo detestaba, algo en aquel español tan perversamente sexy la atraía y la asustaba al mismo tiempo.

Temblando, se apartó al recordar todas esas mujeres a las que Santiago había seducido, y a las que despreciaba por estar dispuestas a ser una muesca más en el cabecero de su cama. Y, por primera vez, simpatizó con esas mujeres porque ella misma estaba experimentando el empuje de su encanto.

–En realidad, tienes suerte –dijo Santiago esbozando una media sonrisa–. ¿Hijos, matrimonio?

¿Quién querría cargarse con la ingrata responsabilidad de una familia? Nada bueno puede salir de esa condena, así que ahora puedes tener algo mejor.

–¿Mejor que una familia?

–Libertad –respondió él.

–Pero yo no quiero libertad –dijo Belle–. Quiero que me quieran.

–Todos queremos cosas que no podemos tener –replicó él con un tono extrañamente ronco.

–¿Y tú cómo lo sabes? Tú tienes todo lo que quieres.

–No, te equivocas. Una vez quise algo... durante cuatro meses. Quise a una mujer, pero no pude tenerla.

Cuatro meses. De repente, el corazón de Belle se volvió loco. No podía referirse... no, era imposible.

¿Podría Santiago Velázquez, el famoso multimillonario neoyorquino que se acostaba con modelos, desearla a ella, una simple camarera de un pueblecito de Texas?

Sus ojos se encontraron a la luz de la luna y fue como si una descarga eléctrica la recorriese de la cabeza a los pies.

–La deseo, pero no puedo tenerla –repitió él–. Aunque estuviese delante de mí ahora mismo.

–¿Por qué no? –consiguió preguntar Belle, casi sin voz.

–Ah, porque ella quiere amor. Necesita amor como necesita respirar. Si la hiciese mía, volcaría en mí sus deseos románticos y acabaría destruida –murmuró Santiago, mirándola con esos ojos oscuros e indescifrables–. Porque por mucho que desee su cuerpo, no quiero su corazón.

A su espalda, Belle podía ver la sombra de la casa y escuchar el sonido de las olas.

Santiago Velázquez estaba jugando con ella como un gato de afiladas garras con un ratón, pensó.

–Para.

–¿Qué?

–¿Estás aburrido? ¿Quieres compañía en la cama y yo soy la única que está despierta? –le espetó Belle, fulminándolo con la mirada–. Otras mujeres podrían tragarse el numerito de hombre dolido, pero yo no creo una sola palabra. Si de verdad me deseases no dejarías que nada se interpusiera en tu camino. Ni mis sentimientos ni el riesgo de hacerme daño. Me seducirías sin la menor conciencia. Eso es lo que hace un mujeriego, así que está claro que no me deseas. Simplemente, estás aburrido.

–Te equivocas. Te deseo desde la boda de Darius y Letty, desde la primera vez que me mandaste al infierno –Santiago la aplastó bruscamente contra su torso mientras acariciaba su mejilla, mirándola con intensidad–. Ya sé que piensas lo peor de mí, pero no me interesa enamorar a jóvenes ingenuas e idealistas.

Todo su cuerpo temblaba de energía, de miedo, de un sentimiento que solo podía ser deseo y contra el que Belle luchaba desesperadamente.

–¿Crees que me enamoraría de ti?

–Sí.

Ella soltó un bufido de incredulidad.

–No tienes problemas de autoestima, ¿eh?

Santiago clavó en ella su oscura mirada.

–Dime que estoy equivocado.

–Estás equivocado –afirmó Belle, encogiéndose de hombros–. Quiero amor, es verdad. Si algún día conozco a un hombre al que pueda querer y respetar me enamoraría de inmediato. Pero ese hombre no eres tú, por rico y sexy que seas. Si me deseas, lo siento por ti. No estoy interesada.

–¿No me deseas? –Santiago deslizó el pulgar por su labio inferior–. ¿Estás segura?

–Sí –respondió ella, sin aliento.

Santiago pasó una mano por su brazo, mirándola como si fuera la criatura más deseable del mundo.

–¿Y si nos acostásemos juntos no te enamorarías de mí?

–En absoluto. Creo que eres un canalla.

Belle sentía la fuerza del cuerpo masculino bajo el abrigo y no podía dejar de temblar. Y él se había dado cuenta porque esbozó una sonrisa de masculina satisfacción.

–Entonces no hay ninguna razón para contenerse. Olvídate del amor –le dijo, levantando su barbilla con un dedo–. Olvida el remordimiento, el dolor. Olvida todo lo que el destino te ha negado. Por una noche, disfruta de lo que puedes tener, aquí y ahora.

–¿Estás sugiriendo que me acueste contigo?

Había intentado parecer sarcástica, pero tenía el corazón tan acelerado que su voz sonaba sin aliento, anhelante.

–Deja que te dé placer por una noche. Sin ataduras, sin consecuencias. Deja de pensar tanto en el futuro –murmuró él, acariciando su cara–. Por una noche, puedes saber lo que es sentirse viva de verdad.

El frío viento de enero sacudía las ramas de los árboles y, debajo, en la playa, podía oírse el estruendo de las olas golpeando la playa.

¿Entregarse a él por una noche, sin consecuencias, sin ataduras?

Belle lo miró, perpleja.

Nunca se había acostado con un hombre y nunca había estado a punto de hacerlo. De hecho, era una virgen de veintiocho años que se había pasado la vida cuidando de otros, sin hacer realidad ni uno solo de sus sueños.

No. La respuesta era no, por supuesto.

¿O no?

Santiago no le dio la oportunidad de responder. Inclinando la cabeza, la besó suave, tentativamente, como esperando una señal. Cuando se apartó, Belle lo miró con los ojos de par en par.

–Muy bien –se oyó decir a sí misma. Era una temeridad, pero ese beso la había hecho temblar.

«Por una noche, puedes saber lo que es sentirse viva de verdad».

¿Cuándo fue la última vez que se sintió así?

¿Se había sentido así alguna vez o había sido siempre una buena chica que intentaba complacer a los demás, cumplir las reglas, planear su vida de forma sensata?

¿Y qué había conseguido con ello salvo estar sola y con el corazón roto?

Santiago la vio vacilar y no esperó un segundo más. Enredando los dedos en su pelo, inclinó la cabeza de nuevo para buscar sus labios. Belle sintió el calor de su aliento, el delicioso roce de su lengua... y el frío aire de enero se volvió un infierno.

Nunca la habían besado así. Nunca. Las tibias caricias que había disfrutado siete años antes no eran nada comparadas con aquel exigente beso, aquel fuego.

Estaba perdida entre sus brazos, en la ardiente exigencia de su boca y de sus manos. El deseo la envolvió como un maremoto que ahogaba la razón. Se olvidó de pensar, olvidó hasta su propio nombre.

No sabía que pudiera ser así...

Respondió insegura al principio, pero después se agarró a sus hombros, aplastándose contra él.

Su odio por Santiago y su tristeza se transformaron en deseo mientras la besaba en la oscura noche, al borde del mar, las olas invisibles batiendo ruidosamente contra la arena.

No sabía cuánto tiempo estuvieron besándose, pero cuando por fin Santiago se apartó Belle supo que ya no podría ser la misma. Sus alientos se mezclaban bajo la luz de la luna y se miraron durante un segundo mientras empezaban a caer los primeros copos de nieve.

Sin decir nada, Santiago tomó su mano y tiró de ella hacia la casa. Belle oía el crujido de la nieve bajo sus pies, sentía el calor de la mano masculina en la suya.

Entraron en la mansión del siglo XIX, con sus paredes forradas de madera y sus muebles antiguos. El interior estaba oscuro y silencioso. Al parecer, todos se habían ido a la cama. Santiago cerró la pesada puerta y pulsó el código de la alarma.

Subieron las escaleras hasta el segundo piso sin dejar de besarse y Belle sintió un escalofrío. No podía estar haciendo aquello. No podía estar ofreciendo impulsivamente su virginidad a un hombre que ni siquiera le caía bien.

Pero cuando él la empujó al interior del dormitorio no era capaz de encontrar aliento. Se apartó un momento para tirar al suelo el abrigo negro y tomó su cara entre las manos, pasando el pulgar por su hinchado labio inferior.

–Eres tan preciosa –susurró, acariciando su largo pelo castaño, cubierto de nieve–. Preciosa y mía...

El calor de esos besos provocaba un cosquilleo en su vientre. Santiago la hipnotizaba con sus caricias y cuando se percató de que estaba desabrochando su vestido ya había caído al suelo.

Una hora antes lo odiaba y, de repente, estaba medio desnuda en su dormitorio.

Dejándola sobre la cama, Santiago se quitó la chaqueta, el chaleco y la corbata. No dejaba de mirarla mientras desabrochaba la camisa negra para mostrar un torso ancho y musculoso, como cincelado por un escultor. Se tumbó a su lado y la envolvió en sus brazos para morder suavemente su cuello y Belle cerró los ojos, sintiendo un escalofrío.

–Santiago... –musitó cuando empezó a acariciar sus pechos por encima del sujetador. Pero no pudo seguir hablando porque metió los dedos bajo la tela para apretar sus pezones, provocando una tormenta en su interior.

El sujetador desapareció entonces y Santiago inclinó la cabeza para chupar un pezón, luego el otro. Las sensaciones eran tan potentes, tan salvajes y nuevas para ella que dejó escapar un gemido.

Él saqueó su boca antes de besar su estómago, jugando con su ombligo... para luego seguir hacia abajo. Sentía el calor de su aliento entre los muslos. Santiago separó sus piernas, besando el interior de sus muslos antes de quitarle las bragas. La acariciaba con su aliento y luego, con agónica lentitud, inclinó la cabeza...

Cuando deslizó la ardiente y húmeda lengua en su interior, el placer fue tan inesperado y explosivo que Belle clavó las uñas en su espalda.

Tuvo que agarrarse al cabecero, conteniendo el aliento hasta que empezó a ver estrellitas bajo los párpados. Él lamió sus pliegues durante unos segundos y luego enterró la lengua en su interior. Belle escuchó un grito y se dio cuenta de que era ella quien gritaba.

Santiago hacía girar la lengua, aumentando el ritmo y la presión hasta que Belle arqueó la espalda, perdida en las placenteras sensaciones. Introdujo un dedo en su interior, luego otro, ensanchándola. El placer era casi insoportable y de repente...

Subió al cielo, explotando en mil pedazos, y cayó a la tierra en fragmentos de luz. Fue algo que nunca antes había experimentado, pura felicidad.

Apartándose de ella, Santiago se quitó el resto de la ropa y se colocó entre sus piernas. Mientras Belle aún seguía buscando aliento, enterró el enorme y rígido miembro en su interior...

Había soñado con ese momento.

Durante cuatro meses, había soñado con seducir a la hermosa mujer que lo despreciaba, con tener esas deliciosas curvas entre sus brazos. Había soñado con besar esos generosos labios y ver el éxtasis en su precioso rostro. Había soñado con hacerla suya, con llenarla y saciarse de ella.

Pero cuando intentó enterrarse en ella sintió una barrera que no había esperado y se quedó inmóvil. Nunca había soñado con eso.

–¿Eres virgen? –le preguntó, sin aliento.

Lentamente, ella abrió los ojos.

–Ya no.

–¿Te he hecho daño?

–No –respondió Belle casi sin voz.

Su expresión lo hizo temblar. Algo en su voz parecía hablarle directamente a su alma y sintió una extraña emoción: ternura.

–Estás mintiendo –dijo con tono seco para sacudirse tan extrañas emociones.

–Sí –asintió ella, enredando los brazos en su cuello, tentándolo con su propio éxtasis–. Pero no pares –susurró–. Por favor, Santiago...

Él tuvo que contener el aliento. ¿Cómo podía ser tan romántica e idealista? Y virgen. Él era el único hombre que había tocado a aquella irritante, emocionante y magnífica mujer.

Sabía que era un peligro acercarse demasiado a un ser tan inocente y le gustaría salir corriendo, pero su cuerpo exigía lo contrario. Tembló al mirar su hermoso rostro. Un deseo loco recorría su cuerpo, centrándose en el duro miembro enterrado en ella.

Santiago inclinó la cabeza. El beso fue suave al principio, luego más profundo hasta convertirse en puro fuego. La acariciaba por todas partes, apretando sus pechos...

Tenía un cuerpo perfecto, voluptuoso y maduro. Cualquier hombre moriría por tener a una diosa como ella en su cama y que esa diosa fuera virgen...

Sin darse cuenta, empujó un poco más. Oyó el suave gemido que escapó de sus labios mientras inclinaba la cabeza para chupar un pezón y agarró sus caderas para empujar con fuerza, mordiendo su cuello.

Belle le devolvía los besos ansiosamente y Santiago empezó a perder el control. Estaba tan húmeda y su estrecho canal parecía aceptarlo entero. Sus embestidas se volvieron salvajes, aunque se preguntaba si sería demasiado para ella. Pero no lo era. Sintió que lo abrazaba íntimamente mientras clavaba las uñas en sus hombros y cuando la oyó gritar ya no pudo contenerse. Con los ojos cerrados, echando la cabeza hacia atrás, Santiago se derramó en su interior con un rugido que hizo eco en la silenciosa habitación. Volando en un remolino de sensaciones, experimentó una felicidad que no había experimentado antes.

Cayó sobre la cama, a su lado, apretándola contra su costado. Durante unos segundos se sentía en paz, feliz; la sensación más dulce que había conocido nunca.

Entonces abrió los ojos, tan arrepentido que podía sentir un amargo sabor en la boca.

–Tenías razón –dijo Belle, esbozando una sonrisa que iluminó su precioso rostro–. Me siento viva. Nunca había soñado que pudiera ser así... es pura magia –añadió, envolviéndolo en sus brazos–. En el fondo, tal vez no seas tan malo. Incluso puede que me gustes un poco.

Santiago la miró a la luz de la luna que entraba por la ventana. Había experimentado una felicidad desconocida para él.

Con una virgen.

Una romántica incurable.

Acostarse con Belle había provocado un efecto extraño: su cuerpo no había conocido nunca un placer igual y su alma...

–Espero que nadie nos haya oído –dijo ella entonces.

–No te preocupes. Darius y Letty duermen al otro lado del pasillo y las paredes son de piedra.

De piedra como su corazón, se recordó a sí mismo.

–Estupendo. Si Letty se enterase... no sabría cómo explicárselo después de todo lo que he dicho de ti.

–¿Qué has dicho?

–Que eras un canalla egoísta y sin corazón.

–No me siento ofendido, es verdad.

–Muy gracioso –Belle lo miró, medio adormilada–. Da igual lo que digas, el amor y el matrimonio no son una condena. Mira a Letty y Darius, por ejemplo.

–Parecen felices –admitió él a regañadientes–. Pero a veces las apariencias engañan.

Belle frunció el ceño.

–¿Es que no crees en nadie, en nada?

–Creo en mí mismo.

–Eres un cínico.

–Veo el mundo como es, no como me gustaría que

fuera –respondió Santiago. ¿Amor eterno, familias felices? A los treinta y cinco años había visto suficiente como para no creer en milagros–. ¿Lamentas haberte acostado conmigo?

Belle negó con la cabeza, tímida y tan preciosa que se le puso el corazón en la garganta.

–Me ha gustado mucho y me alegro de que estés aquí –le confesó, cerrando los ojos mientras se apretaba contra su torso–. No hubiera podido pasar la noche sola. Me has salvado...

Se quedó dormida unos segundos después, dejando a Santiago pensativo. Quería dormir también, quedarse como estaba, con ella entre sus brazos, disfrutando de su calor en aquella fría noche de enero... y todas las noches que siguieran.

Entonces empezó a escuchar campanitas de alarma.

Belle estaba dulcemente dormida entre sus brazos, tan suave y preciosa, tan cabezota, romántica y amable. Tan optimista.

«Me has salvado».

Y eso no podía ser.

Con cuidado, se levantó de la cama y sacó el móvil del bolsillo del abrigo para llamar a su piloto.

–Dígame, señor Velázquez.

–Ven a buscarme. Estoy en Fairholme.

Santiago cortó la comunicación sin esperar respuesta y miró a Belle por última vez. Estaba dormida, tan bella a la luz de la luna como una joven inocente de otro tiempo. Él no recordaba haber sido nunca tan inocente.

Dijese lo que dijese, Belle quería amarlo. Lo intentaría, como una polilla inmolándose contra una llama.

Por supuesto que sí. Era su primer amante.

Santiago apretó los labios. De haber sabido que era virgen no la habría seducido. Él tenía una regla: nada de vírgenes, nada de corazones inocentes. Nunca se acostaba con una mujer que pudiese importarle o que pudiera considerarlo importante en su vida.

Pero acababa de seducir a una inocente virgen, la mejor amiga de Letty, la esposa de su amigo Darius. Y se odiaba a sí mismo por ello. Después de Nadia había jurado no volver a involucrarse con ninguna otra mujer. ¿Por qué arriesgar tu capital en una inversión que era un fracaso garantizado? Era como tirar el dinero, o tu alma, por la ventana.

Pensó de nuevo en *Cumbres Borrascosas*. Nunca había leído el libro, pero sabía que acababa mal. Era un romance y los romances siempre terminaban mal en la vida real.

Santiago se vistió en silencio y tomó su bolsa de viaje. Pero vaciló en la puerta, aun escuchando el eco de su voz:

«¿Es que no crees en nadie, en nada?»

Le había mentido. Le había dicho que creía en sí mismo, pero no era verdad.

Belle despertaría sola en la cama y él habría desaparecido. No dejaría una nota y ella entendería el mensaje. En realidad, era el canalla sin corazón que Belle creía que era.

Como si hubiese alguna duda, pensó. Los remordimientos se lo comían mientras salía de la habitación.

Desearía no haberla tocado.

Capítulo 2

BELLE estaba en la acera, frente a la mansión de Santiago Velázquez en el *Upper East Side* de Manhattan, mirando a los elegantes invitados salir de las limusinas para ser recibidos por el mayordomo.

Un mayordomo, pensó. ¿Quién tenía mayordomo en aquella época?

Santiago Velázquez, por supuesto.

Pero el mayordomo no era el problema. Belle observó a un grupo de hermosas chicas de la alta sociedad subiendo los escalones de la casa con tacones de doce centímetros y vestidos de diseño. Y luego miró su camiseta ancha, el pantalón corto y las chanclas. Sin maquillaje, el pelo sujeto en una coleta, sudando bajo el sol de julio, no podía estar más fuera de lugar. Aquel no era su sitio y no quería volver a ver a Santiago después de cómo la había tratado. Perder su virginidad con el despiadado y cínico mujeriego era un error que lamentaría durante el resto de su vida.

Pero no podía irse de Nueva York sin decirle que estaba embarazada.

Embarazada. Cada vez que pensaba en ello se le encogía el corazón. Era un milagro. No había otra forma de describirlo cuando siete años antes el médico le había dicho que nunca podría tener un hijo.

Belle esbozó una sonrisa mientras apoyaba las manos sobre la ancha curva de su abdomen. Por alguna razón, durante esa noche con Santiago había ocurrido lo imposible. Había hecho realidad su mayor deseo: tener un hijo.

Solo había un pequeño problema.

La sonrisa desapareció. De todos los hombres que podrían ser el padre de su hijo...

Había intentado decírselo. Le había dejado numerosos mensajes pidiendo que la llamase, pero Santiago no lo había hecho. Y casi se alegraba porque así tenía una excusa para hacer lo que quería hacer: marcharse de Nueva York sin contarle que iba a ser padre.

Pero su mejor amiga, Letty, la había convencido para que lo intentase por última vez.

–Al final todos los secretos se descubren. No cometas ese error –le había aconsejado.

Y allí estaba, contra sus deseos, frente a una lujosa casa en la zona más cara de Manhattan. El último sitio en el que quería estar.

Tendría que enfrentarse con Santiago por primera vez desde que escapó de la habitación como un ladrón en medio de la noche, pero lo único que quería era subir a su furgoneta, aparcada a dos manzanas de allí, poner gasolina y no volver a mirar atrás hasta que llegase a Texas.

Pero iba a contarle que iba a ser padre, aunque él no quisiera saberlo. Belle siempre intentaba ser honesta, aunque le doliese, y no iba a acobardarse en ese momento.

Apretando los puños, esperó hasta que la última limusina desapareció al final de la calle y, temblando, subió los escalones para llamar al timbre.

El mayordomo lanzó una mirada sobre ella y dijo con desdeñoso acento británico:

–La entrada de empleados está en la parte de atrás.

Belle sujetó la puerta antes de que la cerrase.

–Perdone, pero tengo que ver a Santiago.

El hombre puso la cara que habría puesto si una rata parlante hubiera pedido ver al alcalde de Nueva York.

–¿Quién es usted?

–Dígale que Belle Langtry quiere verlo urgentemente –respondió ella, levantando la barbilla e intentando controlar los latidos de su corazón–. Es una emergencia.

Haciendo una mueca, el mayordomo abrió la puerta y le hizo un gesto para que entrase.

–Espere ahí –le dijo con tono arrogante.

Belle entró en lo que parecía un despacho, con un enorme escritorio de caoba. Temblando, se dejó caer en un sillón. Le ardía la cara después de ver a Santiago a lo lejos y su corazón se volvía loco al pensar que en unos minutos tendría que hablar con él.

La noche que se había llevado su virginidad, la pasión y la emoción habían sido como un remolino, llevándola al cielo, a las estrellas, derramando trozos de su alma como diamantes en el cielo. Había sido tan sensual, tan espectacular. Más de lo que nunca hubiera podido imaginar.

Hasta que Santiago la abandonó. Por la mañana había desayunado sola, intentando esconder su decepción y sonreír mientras charlaba con Letty y Darius, fingiendo que no había pasado nada. Así de despiadado era Santiago Velázquez. Solo le había prometido una noche, era verdad, pero ni siquiera había sido capaz de quedarse hasta la mañana siguiente.

Belle había vuelto a su diminuto apartamento en Brooklyn, que compartía con dos compañeras que se reían de sus sueños, de su acento texano y de su trabajo como camarera porque sus padres pagaban todos sus gastos. Normalmente no les hacía caso, pero después de esa noche con Santiago se sentía inquieta, irritable e indefensa. La habían rechazado en todas las pruebas y con su sueldo apenas pagaba las facturas...

Un mes después, cuando descubrió que estaba embarazada, todo había cambiado. Su hijo merecía algo mejor que aquel apartamento que compartía con dos extrañas, un futuro inseguro y muchas facturas sin pagar. Su hijo merecía algo mejor que un padre que no se molestaba en devolver sus llamadas.

Era un pensamiento amargo. Había ido a Nueva York con tantas esperanzas. Después de casi una década cuidando de sus dos hermanos pequeños, por fin se había ido del pueblecito en el que había crecido, decidida a cumplir sus sueños.

En lugar de eso, lo había complicado todo.

Había soñado con hacer fortuna, pero tenía diez dólares menos que cuando salió de Texas dieciocho meses antes.

Había soñado con ver su nombre en letras grandes, pero había sido rechazada por todas las agencias de casting de Nueva York.

Pero lo peor de todo, Belle tragó saliva, era que había soñado con encontrar el amor, el amor de verdad que duraba para siempre. Y, en lugar de eso, se había quedado embarazada de un hombre al que detestaba.

Estaba harta de Nueva York y había decidido volver a casa. Sus dos maletas estaban en la furgoneta y solo quedaba una cosa que hacer.

Contarle a Santiago Velázquez que iba a ser padre.

Pero, de repente, no estaba tan segura de poder hacerlo. Verlo en el salón, a lo lejos, la había dejado con el corazón enloquecido. Tal vez aquello era un error, pensó. Tal vez debería marcharse.

Santiago entró entonces en el despacho y, al verla sentada en el sillón, la fulminó con la mirada.

–¿Qué demonios haces aquí?

¿Tantos meses sin verse y así era como la saludaba? Belle cruzó los brazos sobre el pecho.

–Yo también me alegro de verte –respondió, irónica.

Cerrando la puerta tras él, Santiago dio un paso adelante.

–Te he hecho una pregunta. ¿Qué haces aquí, Belle? Creo que dejé bien claro que no quería volver a verte.

–Eso es verdad.

–¿Por qué has engañado a mi mayordomo diciendo que era una emergencia?

–No le he engañado, es verdad.

–Una emergencia. ¿No me digas? –Santiago hizo una mueca de desdén–. A ver si lo adivino, te has dado cuenta de que no puedes vivir sin mí y has venido a declararme amor eterno.

Belle torció el gesto.

–Que Dios ayude a la pobre mujer que se enamore de ti –replicó–. Pero no te preocupes, no es mi caso. Te odio más que nunca.

Santiago torció el gesto.

–Estupendo. ¿Entonces por qué has interrumpido mi fiesta?

La miraba con tal odio... ¿Cómo iba a decirle que estaba embarazada?

–He venido a decirte que... me marcho de Nueva York.

Santiago soltó una carcajada de incredulidad.

–¿Y esa es la emergencia? Una cosa más que celebrar hoy, además del éxito en mi último negocio.

–¡Déjame terminar!

–Muy bien, termina de una vez –Santiago se cruzó de brazos, mirándola como si fuera un rey y ella una campesina con las uñas sucias–. Tengo que volver con mis invitados.

Belle intentó reunir valor antes de decir:

–Estoy embarazada.

Santiago la miraba con los ojos como platos, en un gesto casi cómico.

–¿Qué?

Belle se levantó del sillón y dejó caer los brazos a los costados para que pudiese ver su prominente abdomen bajo la camiseta.

Santiago se quedó en silencio y ella contuvo el aliento, temiendo mirarlo a los ojos. Tontamente, seguía esperando que le diese una sorpresa, que volviera a ser el hombre encantador e irresistible con el que había estado tan brevemente aquella noche de enero. Que la tomase entre sus brazos y la besara, feliz al conocer la noticia.

Pero esas esperanzas fueron aplastadas de inmediato.

–¿Embarazada? –repitió Santiago, con los ojos brillantes de ira.

–Sí, embarazada.

Nunca hubiera esperado lo que él hizo entonces.

Santiago puso una mano sobre su camiseta para tocar el abultado abdomen y luego la apartó como si se hubiera quemado.

–¡Pero dijiste que era imposible!

–Y pensé que así era. Es lo que me había dicho el médico...

–¡Dijiste que no podías quedarte embarazada!

–Ya lo sé, pero es... un milagro.

–¡Un milagro! –repitió él, mirándola de arriba abajo con gesto airado–. Y yo pensando que no tenías lo que hacía falta para triunfar en Broadway. Ninguna buscavidas me ha mentido a la cara de forma tan convincente. De verdad pensé que eras inocente, pero has resultado ser una gran actriz.

Hablaba con tal ira que Belle dio un paso atrás.

–¿Crees que me he quedado embarazada a propósito?

Santiago soltó una amarga carcajada.

–Menuda interpretación. Dejar que te encontrase sola en el jardín, helada, llorando porque nunca podrías tener hijos... estoy impresionado. No sabía que supieras mentir tan bien.

–¡No te mentí!

–Deja de mentir y dime cuál es tu precio.

–¿El precio? –repitió ella, atónita.

–Esa noche me engañaste para que no usara un preservativo, de modo que tiene que haber un precio...

–¡Yo no te engañé! –lo interrumpió Belle, furiosa.

–Pero debo admitir que te lo has ganado –siguió él como si no la hubiese oído–. Ninguna mujer me ha engañado de ese modo, salvo... –su expresión se endureció–. ¿Cuánto dinero quieres?

–No quiero dinero. Solo había pensado que tenías derecho a saberlo.

–Pues muy bien, ya me lo has dicho –respondió Santiago, abriendo la puerta–. Ahora puedes irte.

Belle no entendía su reacción. Se negaba a mostrar el menor interés y no parecía aceptar su responsabilidad.

–¿Eso es todo lo que tienes que decir?

–¿Qué esperabas, que clavase una rodilla en el suelo para suplicarte que te casaras conmigo? Pues lamento mucho haberte decepcionado.

Belle no podía creerlo. Había esperado veintiocho años, soñando con el príncipe azul, soñando con el verdadero amor... y aquel era el hombre con el que se había acostado.

–Vaya, me has descubierto –dijo por fin, sarcástica–. Sí, estoy desesperada por casarme contigo. ¿Quién no querría estar con el hombre más desagradable y frío de la tierra y criar un hijo con él? –Belle soltó una carcajada–. Serías un padre maravilloso, desde luego.

La expresión de Santiago se volvió colérica.

–Belle...

–Me has llamado mentirosa y buscavidas cuando sabes que era virgen la noche que me sedujiste –lo interrumpió ella, temblando de emoción–. ¿Era a esto a lo que te referías cuando me llamaste ingenua? ¿Decidiste entonces que debías ser tú quien me mostrase la realidad de este mundo cruel?

–Mira...

–No debería haber venido –volvió a interrumpirlo ella, intentando contener las lágrimas–. Olvídate del niño, olvídate de mi existencia –le espetó, deteniéndose en la puerta para mirarlo por última vez–. Ojalá hubiera sido cualquier otro hombre. Que tú seas el padre de mi hijo es un error que lamentaré durante el resto de mi vida.

Después se dio la vuelta y pasó corriendo frente al estirado mayordomo y los elegantes invitados, que parecía como si nunca hubieran tenido un problema en sus vidas. Salió a la calle y corrió durante media manzana antes de percatarse de que Santiago no la seguía.

Le daba igual. Cuando llegó a su vieja furgoneta arrancó el motor con manos temblorosas.

Desde el día que se conocieron había sabido que Santiago tenía el corazón envenenado. ¿Cómo podía haber dejado que la sedujera?

«Deja que te dé placer por una noche. Sin ataduras, sin consecuencias. Deja de pensar tanto en el futuro».

Belle contuvo un sollozo mientras apretaba el volante. Le emocionaba la idea de ser madre, pero daría cualquier cosa para que el padre de su hijo fuese otro hombre. Se decía a sí misma que estaría mejor sin él, pero en secreto había esperado otro milagro. Había esperado que Santiago la llamase, que quisiera ser el padre de su hijo. Había esperado que quisiera casarse con ella, convencida de que podrían ser felices.

Qué tonta.

Belle se secó los ojos con el dorso de la mano. Santiago la había insultado y la había echado de su casa por contarle que estaba embarazada. Y no debería sorprenderla porque había dejado bien claros sus sentimientos desde el principio. Para él, los hijos eran una ingrata responsabilidad y el amor era para los tontos.

Belle lloró hasta agotar las lágrimas. Luego, a medianoche, se detuvo en un hotel de carretera y durmió hasta el amanecer, dando vueltas y vueltas en la cama.

Al día siguiente, la hipnótica autopista empezó a calmarla. Empezaba a pensar que se había salvado por los pelos. No quería que un hombre tan cruel destrozase su vida y rompiera el corazón de su hijo. Mejor que Santiago los hubiese abandonado desde el principio, se dijo.

Dos días después, cuando dejó atrás las ondulantes colinas del este de Texas y empezó a reconocer el paisaje de su infancia, dejó escapar un suspiro. Había algo tranquilizador en el interminable horizonte, con los campos cubiertos de artemisa y el implacable sol en un cielo eternamente azul.

Sintiendo un aleteo en su interior, Belle se llevó una mano al abdomen.

–Así son las cosas –murmuró. Solo sería su hijo y durante el resto de su vida agradecería ese milagro.

Era temprano, pero ya hacía calor. El aire acondicionado de la furgoneta no funcionaba, pero llevaba las ventanillas bajadas, de modo que podía soportarlo. Aunque era una suerte que no lloviese porque una de ellas se había quedado atascada.

Cuando llegó a la entrada del pueblo respiró profundamente. Su casa. Aunque no era lo mismo sin sus hermanos. Ray vivía en Atlanta y Joe, de veintiún años, en Denver. Pero al menos allí el mundo tenía sentido...

Belle pisó el freno abruptamente.

Había un helicóptero negro en la pradera, medio escondido detrás de la casa. A su lado vio a dos hombres altísimos con aspecto de guardaespaldas. Y eso solo podía significar...

Miró la casa de madera con la pintura desportillada y su corazón se detuvo durante una décima de segundo. Porque en el porche de la casa, con los brazos cruzados sobre el pecho, estaba Santiago Velázquez.

¿Qué hacía allí?

Dejando escapar un largo suspiro, Belle bajó de la furgoneta.

–¿Qué haces aquí? –le espetó, sin preámbulos–. A ver si lo adivino. ¿Has encontrado más formas de insultarme?

Él descendió los desvencijados escalones del porche sin dejar de mirarla a los ojos.

–Hace tres días apareciste en mi casa con una sorprendente acusación.

–¿Quieres decir que te acusé de dejarme embarazada? Ah, vaya, qué acusación tan terrible.

–Intenté poner las cartas boca arriba. Pensé que querías pedirme dinero y estaba dispuesto a negociar.

Para él, el anuncio de su embarazo era una negociación. Qué increíble. Belle, con un nudo en la garganta, se volvió hacia el helicóptero.

–¿Cómo has descubierto dónde estaba?

–Ha sido muy fácil.

–Pero debes haber esperado aquí durante horas.

–Veinte minutos.

–¿Cómo? Es imposible que supieras cuándo iba a llegar aquí... –Belle lo miró guiñando los ojos–. ¿Estabas espiándome?

Santiago la miró de arriba abajo, desde la ancha camiseta al pantalón corto.

–¿Me has dicho la verdad? ¿Estás esperando un hijo mío?

–¡Pues claro que sí!

–¿Cómo voy a confiar en una mentirosa?

–¿Cuándo te he mentido? –exclamó ella, indignada.

–«No puedo quedarme embarazada, nunca. Es imposible» –la imitó él, burlón.

–Eres un imbécil –le espetó Belle, temblando bajo el ardiente sol de Texas.

Con esos penetrantes ojos negros y ese cuerpo de pecado, era el hombre más guapo que había visto nunca. Una pena que su alma fuese dura como el hielo.

Cuando estaba congratulándose por haberlo perdido de vista, allí estaba. ¿Y para qué?

–Ya me has dicho lo que piensas de este embarazo. No quieres saber nada ni de tu hijo ni de mí, así que ahora solo es hijo mío.

Él enarcó una oscura ceja.

–Las leyes de paternidad no funcionan así.

–Yo digo que sí.

–¿Entonces para qué fuiste a contarme que estabas embarazada?

–Porque hace tres días era tan tonta como para esperar que hubieses cambiado, pero ahora sé que mi hijo no merece tener un padre como tú –afirmó Belle, levantando la barbilla–. Y, ahora, vete de mis tierras.

Santiago la miraba con los labios apretados y, contra su voluntad, Belle se encontró admirando los pómulos esculpidos, la oscura sombra de barba...

–Deja que te diga lo que va a pasar –empezó a decir él en voz baja, casi como un ronroneo–. Vamos a hacernos una prueba de ADN.

–¿Qué? De eso nada.

–Y si la prueba demuestra que ese hijo es mío te casarás conmigo –anunció Santiago entonces.

Belle se quedó boquiabierta. ¿Estaba loco o lo estaba ella?

–¿Casarme contigo? ¿Has perdido la cabeza? Tú sabes que te odio.

–Deberías alegrarte. Tu plan ha funcionado –dijo él, encogiéndose de hombros–. Admite que te quedaste embarazada a propósito para atraparme.

–No puedo hacerlo porque no es verdad.

–Admito que cometí un error al confiar en ti. Debería haber sabido que tu inocencia era una mentira y tendré que pagar por ello –Santiago se acercó, mirándola con una expresión que la asustó–. Pero tú también tendrás que pagar.

Belle sintió un escalofrío.

–Nunca me casaría con un hombre al que odio –susurró.

–Lo dices como si tuvieras elección, pero no es así –Santiago esbozó una fría sonrisa–. Harás lo que te digo. Y si el hijo que esperas es mío... entonces tú también lo eres.

Capítulo 3

SANTIAGO Velázquez había aprendido de la peor manera posible que había dos tipos de personas en el mundo: los soñadores que se escondían de la realidad y los que se enfrentaban con esa realidad y luchaban por lo que querían.

Belle Langtry era una soñadora. Lo había sabido el día que se conocieron en la boda de Darius y Letty, cuando no dejaba de parlotear sobre el amor eterno a pesar de saber que la boda de su amiga era un desastre. Belle lo veía todo de color de rosa o estaba ciega.

Claro que había que estar ciego para ver algo positivo en el amor y el matrimonio. El amor era una mentira y cualquier matrimonio basado en él sería un desastre de principio a fin. Él lo sabía bien. Su madre se había casado cinco veces, pero ninguno de sus maridos era su padre biológico y todas las relaciones habían terminado en lágrimas.

Por alguna razón, cuando conoció a Belle, tan alegre y segura de sus ilusiones, se había sentido extrañamente encantado. Pequeña, voluptuosa, de pelo oscuro, ojos seductores y un cuerpo hecho para el pecado, lo había obsesionado desde el principio. Y no solo por su belleza.

Belle lo odiaba y no se molestaba en esconderlo. Con una sola excepción, Santiago no podía recordar que ninguna mujer lo hubiese odiado de ese modo. Especialmente desde que se convirtió en multimillonario. Desde entonces, las mujeres siempre estaban interesadas en su cama, en su cartera o en ambas cosas. No se había dado cuenta lo aburrido que era todo hasta que Belle Langtry lo insultó en su cara.

Ella era diferente a las demás y, por eso, lo atraía como ninguna. Su aparente inocencia y su sinceridad habían hecho que bajase la guardia. La noche que pasaron juntos había sido trascendente y deliciosa. Tanto que casi había hecho que se cuestionase su cínica visión del mundo.

Luego, tres días antes, había descubierto lo equivocado que estaba sobre ella.

Belle Langtry no era diferente a las demás y no era una chica inocente sino una mentirosa y una buscavidas. No era como su madre, una mujer desesperada por encontrar el amor que se engañó a sí misma hasta el final de su autodestructiva vida. No, Belle era como Nadia, una mercenaria que haría y diría cualquier cosa para conseguir lo que quería.

En el jardín nevado de Fairholme esa fría noche de enero, cuando Belle había llorado entre sus brazos como si su corazón estuviera rompiéndose, estaba mintiendo.

Cuando acarició su pelo a la luz de la luna, susurrando que todo iba a salir bien, y Belle lo había mirado con sus preciosos oscuros ojos llenos de angustia, estaba mintiendo.

Cuando le dijo que nunca podría quedarse embarazada y él besó su pelo cubierto de nieve para distraerla de su dolor, estaba mintiendo.

Santiago sabía que Belle era actriz, pero no sabía lo buena que era. Nadie lo había engañado de tal modo en mucho tiempo.

No pudo disfrutar de la fiesta después de eso. Se movía pensativo entre los invitados, preguntándose qué haría cuando Belle volviese haciendo exigencias económicas. Si de verdad estaba embarazada de su hijo tenía ventaja sobre él. Y por mucho que él despreciase la idea del amor y el matrimonio, jamás abandonaría a un hijo suyo como él había sido abandonado una vez.

¿Qué pediría Belle?, se preguntaba. ¿Matrimonio? ¿Un fideicomiso a nombre del niño? ¿O querría eliminar al intermediario y pedirle un millón de dólares? ¿O cien millones?

Había esperado durante toda la noche, nervioso, pero Belle no había vuelto. A la mañana siguiente descubrió que se había ido de Nueva York, como le había dicho.

Lo sabía todo sobre Belle, salvo su historial médico, que esperaba conseguir esa misma tarde. Un investigador había averiguado su dirección. El GPS de su teléfono había sido rastreado por medios que no estaba dispuesto a revelar, y alguien había visto su vieja furgoneta azul en una gasolinera, la única que había en esa zona de Texas. De modo que, sencillamente, había ido a su rancho y, desde allí, había tomado el helicóptero.

Pero no iba a revelar sus estrategias al enemigo. Y Belle era el enemigo en ese momento.

Desde el día que se conocieron había actuado como si lo odiase, pero él nunca la había odiado.

Hasta ese momento.

Santiago se secó una gota de sudor. La temperatura era brutal... y ni siquiera era mediodía.

Entonces apretó los dientes. No dejaría que Belle controlase la situación. Ni a su hijo. Estaba jugando como una persona sin corazón y la cantidad que esperaba conseguir debía ser astronómica. Y si le daba dinero pediría más. ¿Por qué iba a dejar de hacerlo cuando podía controlarlo durante el resto de su vida?

Podría hacer que su hijo lo odiase con mentiras, podría ahogarlo, arruinarlo.

Lo había engañado deliberadamente al decirle que no podía quedarse embarazada y tres días antes lo había acorralado con la noticia del embarazo solo para demostrar que podía controlarlo.

Pero no dejaría que usase a un niño inocente como un peón en su juego. Después de lo que había soportado durante su infancia no iba a forzarlo a abandonar a su hijo. Belle no sabía con quién estaba tratando, pero Santiago haría lo que tuviese que hacer para ganar aquella guerra.

¿Pensaba que podía derrotarlo?, se preguntó, incrédulo. Había salido de un orfanato en Madrid a los dieciocho años para colarse como polizón en un barco con destino a Nueva York, sin un céntimo en el bolsillo. Diecisiete años después, era el propietario de un conglomerado internacional de empresas que vendía desde zapatos a productos alimenticios en seis continentes. Y no se conseguía todo eso siendo débil o dejando que otros te ganasen la partida.

Belle estaba en su mundo. Su mundo, sus reglas.

–Nunca me casaré contigo –le espetó ella, sus ojos castaños echando chispas–. Nunca seré tuya.

–Ya lo eres –respondió él, volviéndose para hacerle un gesto al piloto del helicóptero–. Aunque aún no lo sepas.

Ella soltó una carcajada incrédula.

–Estás loco.

Santiago hizo una mueca. Incluso en ese momento, viéndola como su enemiga, se sentía más atraído que nunca. No era una belleza convencional, pero era más seductora que ninguna otra mujer que hubiese conocido. Con esos ojazos castaños, los generosos pechos hinchados por el embarazo...

Pero tenía razón, estaba loco. Porque aun sabiendo que era una mentirosa, una buscavidas, la quería en su cama.

–Estaría loco si dejase a ese bebé contigo –replicó, mirando la desvencijada casucha de madera en medio de un campo baldío frente a un riachuelo seco–. O aquí.

Ella lo miró con expresión airada.

–¿Me juzgas porque no vivo en un palacio?

–Te juzgo por lo que has hecho para escapar de aquí.

Sabía que se había ido de allí dieciocho meses antes y se preguntó si su sueño de triunfar en Broadway habría sido una tapadera para cazar a un hombre rico. Tal vez incluso su amistad con Letty era una conveniente mentira.

Lo único bueno de aquel sitio tan aislado era el horizonte interminable sobre la seca pradera. Daba una sensación de libertad, de soledad...

Pero había muchos tipos de soledad. Uno podía sentirse solo estando rodeado de gente, como le había pasado a él de niño.

Pero su hijo nunca conocería ese tipo de soledad. Él se encargaría de eso.

–Vamos –le dijo.

–¿Dónde? –preguntó Belle.

–A hacer la prueba de paternidad.

–Ya te he dicho que no...

–Me odias y me parece bien. Yo siento lo mismo por ti. ¿Pero no merece nuestro hijo saber la verdad sobre sus padres?

Belle lo fulminó con la mirada, pero notó que vacilaba. Había encontrado el argumento que podría convencerla.

–Muy bien –dijo por fin.

–¿Te harás la prueba?

–Por mi hijo, no por ti.

Santiago dejó escapar un suspiro. Se había preguntado si tendría que meterla a la fuerza en el helicóptero y era un alivio saber que podía mostrarse razonable.

Tal vez había decidido cambiar de estrategia, como un boxeador. Santiago apretó los labios mientras le hacía una seña a sus guardaespaldas.

–Sacad sus cosas de la furgoneta.

Mientras los hombres cumplían la orden, él la tomó del brazo para llevarla al helicóptero.

–Me haré la prueba, pero no pienso casarme contigo –le advirtió mientras se dejaba caer sobre el lujoso asiento de piel del aparato.

–Los dos sabemos que esto es lo que tú querías que pasara, no disimules. Deja de actuar, sé que estás encantada.

–¡No es verdad!

–Tu alegría no durara mucho –le advirtió Santiago, acercándose un poco más–. Descubrirás que ser mi mujer no es lo que habías imaginado. Si el hijo que esperas es mío, tú también serás mía.

Su mirada se clavó en los rosados labios. Tan deliciosos, tan húmedos.

Siempre había despreciado la idea del matrimonio, pero por primera vez veía los posibles beneficios. La detestaba, pero eso solo aumentaba el deseo que sentía por ella. Y sabía, por su expresión nerviosa, que Belle sentía lo mismo.

Una vez casados la tendría en su cama, a su merced, durante el tiempo que desease. Porque una cosa al menos no había sido mentira entre ellos.

¿Entonces por qué esperar?

Durante esos meses, desde la explosiva noche en la

que se había llevado su virginidad, se había negado a sí mismo el placer de tenerla.

Pero ya no.

«Esta noche», pensó, ansioso. La tendría en su cama esa misma noche.

Pero antes debían hacerse la prueba.

Belle miraba por la ventanilla del helicóptero, admirando unos caballos salvajes que corrían por la pradera, libres como el viento, a miles de kilómetros de la civilización.

Y en ese momento los envidiaba.

–Son míos –dijo Santiago, señalando los caballos con gesto satisfecho–. Estamos al norte de mi propiedad.

De modo que ni siquiera los caballos salvajes eran libres, pensó ella. Era la primera vez que hablaban desde que salieron de la clínica en Houston.

–Quieres poseerlo todo, ¿no?

–Poseo todo lo que quiero –respondió él–. Mi rancho tiene más de doscientas mil hectáreas.

–¿Doscientas mil...? –Belle tuvo que tragar saliva–. Espera un momento. ¿Tú compraste el rancho Alford?

–¿Has oído hablar de él?

–Por supuesto que sí, es muy famoso. Hubo un escándalo hace años, cuando se lo vendieron a un extranjero... ¿eras tú?

Santiago se encogió de hombros.

–Todas estas tierras fueron una vez de los españoles, así que algunos dicen que los Alford eran los extranjeros. Yo me limité a recuperarlas.

–¿Esto era de los españoles?

–Texas fue una vez parte del imperio español, en la época de los conquistadores.

–¿Cómo lo sabes?

–La familia de mi padre está muy orgullosa de su historia. Cuando era un niño, y aún me importaba todo eso, leí mucho sobre mis antepasados. Las raíces de mi familia se remontan al siglo XV. Velázquez es el apellido de mi madre, el de mi padre es Zoya. Es el octavo duque de Sangovia.

–¿Tu padre es un duque de verdad?

Santiago se encogió de hombros.

–Así es.

–¿Y cómo es? –preguntó Belle, que nunca había conocido a un aristócrata.

–No lo sé, nunca nos conocimos. Mira –dijo Santiago, cambiando de tema–. Ahí está la casa.

Belle miró por la ventanilla y lanzó una exclamación.

Después de muchos kilómetros de pradera seca, el paisaje de repente se había vuelto verde. Había árboles altísimos, riachuelos... incluso un lago azul brillando bajo el sol de la tarde. Había varios edificios, que debían ser graneros y establos, y luego, sobre una colina, una casa enorme que no tenía nada que envidiar a la de la serie *Dallas*.

–Es preciosa –dijo, asombrada–. ¡Y todo es tan verde!

–Hay cinco ríos diferentes en la propiedad.

Pasaron trente a los establos, el helipuerto y un hangar en el que había una avioneta.

–¿Todo esto es tuyo?

–Todo mío –respondió él con tono arrogante.

«Si el hijo que esperas es mío, tú también serás mía».

Belle sintió un escalofrío.

El hijo era suyo, por supuesto. Esa tarde lo habían confirmado en la moderna clínica de Houston, a la que Santiago debía hacer generosas aportaciones económicas porque todo el mundo los trataba con increíble atención. La doctora Hill les había hecho las pruebas, prometiendo tener el resultado en unas horas.

–Pero mientras esperamos el resultado, ¿les gustaría hacerse una ecografía para saber si es niño o niña?

Belle iba decir que no porque quería que fuera una sorpresa el día del parto, pero al ver la expresión emocionada de Santiago no pudo negarse. ¿Cómo iba a hacerlo? De hecho, haría todo lo que pudiese para animar el vínculo entre Santiago y su hijo.

–Muy bien –dijo por fin, saltando de la camilla.

Unos minutos después, mientras la doctora pasaba la sonda sobre su abdomen y miraban la imagen en la pantalla, un sonido como de agua llenó la habitación.

–¿Qué es eso? –preguntó él, alarmado.

Belle se había hecho varias ecografías, pero Santiago estaba escuchando ese sonido por primera vez.

–Es el latido del corazón del bebé –le explicó.

–¿El latido del corazón? –repitió él.

Su expresión, normalmente dura y cínica, había cambiado tanto que parecía otro hombre.

–Es fuerte, el bebé está sano –murmuró la doctora Hill, señalando la pantalla–. Ahí pueden ver la cabeza, los brazos, las piernas y... –la mujer se volvió hacia ellos con una sonrisa en los labios–. Enhorabuena, están esperando una niña.

–¡Una niña! –exclamó Belle.

–¿Una niña? –Santiago apretó su mano–. ¿Cuándo nacerá?

–A juzgar por las fechas y el tamaño del feto, a finales de septiembre.

–Septiembre –murmuró él, pensativo–. Solo quedan dos meses.

En su rostro vio una mezcla de emoción, sorpresa

y ternura. De modo que no era un canalla del todo, pensó. Había algo que podía atravesar las capas de cinismo: su hija.

Los ojos de Belle se llenaron de lágrimas cuando apretó su mano. Contra todo pronóstico, su hija tendría un padre que la querría y cuidaría de ella.

Santiago la ayudó a bajar del helicóptero. Y fue una suerte porque se le doblaron las rodillas cuando pisó el suelo.

–¿Estás bien? –le preguntó, con gesto preocupado.

–Ha sido una semana loca –respondió Belle.

–Sí, es una buena forma de describirla –murmuró Santiago, riendo.

Nunca lo había visto reír así, con tanta alegría. Parecía más humano y hasta más guapo y deseable si eso fuera posible. En ese momento se le encogió el corazón y se dio la vuelta, temiendo que él se diera cuenta.

–Bueno, ¿y ahora qué? –preguntó, intentando controlar el temblor en su voz.

–Ahora tenemos que empezar a planear la boda.

Ella se detuvo abruptamente.

–No voy a casarme contigo. Compartiremos la custodia de nuestra hija...

–La decisión ya está tomada, Belle.

–La has tomado tú sin contar conmigo. Y si crees que puedes chantajearme estás muy equivocado –replicó ella, irguiendo los hombros–. Mi familia no pertenece a la aristocracia, pero tenemos otras cualidades.

–¿Cuáles?

–Cabezonería, obstinación. Y no pienso casarme con un hombre del que no estoy enamorada y que no me quiere. ¡Prefiero limpiar los suelos con la lengua!

Santiago esbozó una burlona sonrisa.

–Eso podría arreglarse, pero se me ocurren mejores cosas que hacer con tu lengua.

Belle experimentó un calor indeseado en el vientre, pero antes de que pudiese formular una respuesta Santiago tiró de ella hacia la casa.

El interior era amplio, alegre, con suelos de madera y grandes ventanales. Una mujer, que debía ser el ama de llaves, se acercó con una sonrisa en los labios.

–Bienvenido, señor Velázquez –lo saludó, antes de volverse hacia Belle–. Bienvenida, señorita. Espero que el viaje haya sido agradable.

No había sido nada «agradable», pero afortunadamente Santiago respondió por ella.

–Ha sido un día muy largo, señora Carlson. ¿Le importaría llevar unos refrescos al saloncito?

–Por supuesto, ahora mismo.

Santiago la llevó a una gran habitación con suelo de madera brillante y una pared enteramente de cristal desde la que podían ver el jardín y un riachuelo dorado bajo la veteada luz del sol.

–Es un sitio precioso.

–Siéntate –dijo él. Y, de repente, parecía nervioso.

Belle se dejó caer sobre un sofá tapizado en algodón blanco. Un momento después, el ama de llaves reapareció con una bandeja que dejó sobre la mesa.

–Gracias.

–De nada, señor Velázquez.

Cuando el ama de llaves desapareció, Santiago le ofreció lo que parecía un cóctel.

–Es té dulce –le explicó.

Ah, su favorito. Belle prácticamente se lo quitó de las manos para tomar un largo trago.

–Hay algunas cosas en ti que no son absolutamente horribles –dijo después.

–Ah, vaya, gracias. Por cierto, si tienes un plan para escapar deberías saber que la carretera más cercana está a cincuenta kilómetros.

–No tengo intención de escapar.

–¿No?

–¿Por qué iba a hacerlo? Eres el padre de mi hija y tenemos que encontrar una solución.

Santiago la miró en silencio durante unos segundos y después le ofreció un plato.

–¿Una galleta?

–Gracias.

Eran de chocolate, calentitas y recién sacadas del horno. La mantequilla, el azúcar y el chocolate se derritieron en su lengua y Belle suspiró de placer–. Si estás intentando sobornarme para que me case contigo, me temo que no va a funcionar. Claro que puedes seguir intentándolo.

Santiago parecía a punto de decir algo, pero entonces se levantó.

–Perdona, tengo que irme.

–¿Dónde?

–Le pediré a la señora Carlson que te lleve a tu habitación. Como tú misma has dicho, ha sido una semana loca. Descansa un rato. Nos veremos a la hora de la cena.

Y luego se marchó sin decir una palabra más.

¿Qué había pasado?, se preguntó Belle. Se había molestado en ir a buscarla para llevarla a su rancho, pero en lugar de amenazarla o intentar manipularla, le ofrecía un té dulce y un plato de galletas.

Claro que la gente siempre la sorprendía, empezando por su propia familia. Belle no recordada a su padre, que había muerto cuando era niña. Había crecido con un padrastro lacónico que nunca demostró gran interés por su hijastra, dos hermanos más pequeños y una madre siempre enferma y triste. Su padrastro trabajaba muchas horas y luego pasaba las noches fumando, bebiendo cerveza y gritando a su mujer.

Pero cuando tenía doce años su madre murió y todo cambió de repente. Su padrastro siempre estaba enfadado y amenazaba con echarla de la casa.

«Porque tú no eres hija mía».

Había intentado ganarse el sustento cuidando de sus hermanos, limpiando y cocinando. Siendo siempre alegre y positiva para no causar problemas.

Una semana después de graduarse en el instituto su padrastro había muerto de un aneurisma. Entonces Ray solo tenía trece años, Joe once. No tenían más parientes, ni seguro de vida y casi nada de dinero ahorrado, pero rechazó una beca para ir a la universidad y se quedó en Bluebell, trabajando como camarera hasta que sus hermanos cumplieron la mayoría de edad para que los Servicios Sociales no los enviasen a una casa de acogida.

No había sido fácil. Lidiar con dos chicos adolescentes era complicado y, durante un tiempo, Ray había tonteado con las drogas. Esos años habían estado llenos de portazos, gritos y platos lanzados contra la pared.

Poco más que una adolescente ella misma, Belle se había esforzado mucho para soportarlo. Triste, agotada y sola, había soñado con enamorarse de un hombre guapo y bueno. Un hombre que cuidase de ella.

Y entonces, a los veintiún años, había ocurrido. Y había estado a punto de destrozar su vida para siempre.

–¿Señorita Langtry? –la llamó el ama de llaves–. Si ha terminado, puedo llevarla a su habitación.

Belle miró la bandeja vacía.

–Sí, creo que he terminado.

Se levantó del sofá, un sencillo acto que cada día le resultaba más difícil, y siguió a la mujer por un pasillo.

–Este es su dormitorio –anunció la señora Carlson, abriendo una puerta.

Era una enorme habitación de techo muy alto, con vestidor y cuarto de baño, desde el que también podía ver el jardín. Pero esa no era la característica más notable de la habitación sino la enorme cama con dosel.

–¿Ocurre algo, señorita Langtry?

–No, no. Es un cuarto de invitados muy bonito.

Sus peores miedos se hicieron realidad cuando la mujer soltó una risita.

–Ya sé que dicen que en Texas todo es enorme, pero no es un cuarto de invitados sino el dormitorio principal de la casa.

Belle tragó saliva, pero mientras buscaba la forma de decir que de ningún modo pensaba dormir en la habitación principal, el ama de llaves le mostró orgullosamente la bañera de mármol, los brillantes grifos, las flores frescas y la claraboya en el techo.

–Aquí tiene todo lo que pueda necesitar para darse un largo baño de espuma.

Luego la llevó al vestidor, con una lámpara de araña y un sofá blanco, y señaló un vestido rojo que colgaba de una percha.

–El señor Velázquez quiere que se ponga ese vestido para la cena. Se servirá en la terraza, a las ocho.

–Es muy bonito –murmuró Belle.

–Tiene zapatos a juego. El tacón es bajo para que no se sienta incómoda –dijo la mujer, señalando su abdomen–. Y también hay ropa interior... de seda –añadió, abriendo unos cajones.

–¿Ropa interior? –repitió Belle, poniéndose colorada. Aparte de eso y el vestido rojo, las perchas del enorme vestidor estaban vacías–. ¿Dónde está la ropa de Santiago?

–La ropa del señor Velázquez está en el vestidor principal.

–¿Este no es el vestidor principal?

–No, no –respondió la mujer, sonriendo–. Este vestidor es para la señora de la casa... si algún día la hay. Usted es la primera mujer a la que ha traído al rancho –añadió, en tono confidencial.

–¿Ah, sí?

–En fin, se está haciendo tarde y tengo que irme –la señora Carlson miró su reloj–. Mi nieto actúa en una obra de teatro en el colegio y el resto de los empleados se irán a las ocho.

–¿No viven aquí?

–No, vivimos en unas casitas al otro lado del lago. El señor Velázquez y usted estarán completamente solos.

¿Era su imaginación o el ama de llaves acababa de hacerle un guiño?

–Ah, muy bien.

–Buenas noches, señorita Langtry.

Belle se quedó mirando la puerta, indignada. ¿Le había hecho un guiño de verdad? ¿Qué pensaba que iba a pasar entre Santiago y ella?

Nada, se dijo a sí misma. Y cerró la puerta con llave como para demostrarlo. Luego miró la enorme cama, que no pensaba compartir con Santiago. Pero ya que él no estaba allí en ese momento...

Estaba agotada y necesitaba una corta siesta, de modo que puso la cabeza sobre la almohada y cerró los ojos un momento...

Cuando despertó, el sol empezaba a ponerse al otro lado de la ventana. ¡Había dormido durante horas!

Se levantó a toda prisa para entrar en el vestidor y

pasó los dedos por la seda roja del vestido. Pero cuando vio la etiqueta se quedó perpleja. No sabía mucho de moda, pero hasta ella había oído hablar de aquel famosísimo diseñador. ¡Y los zapatos!

Sería una desagradecida si no los estrenase y, además, eran los zapatos más preciosos que había visto en toda su vida.

Entró en el cuarto de baño para darse la mejor ducha de su vida. Nunca había visto tantos grifos y suspiró de gozo mientras se quitaba el polvo del camino y la angustia de los tres últimos días. Y el carísimo champú valía la pena. Aunque cualquier champú hubiera sido maravilloso en una ducha como aquella.

Envolviéndose en una esponjosa toalla, se cepilló el pelo mientras abría cajones llenos de cosméticos, perfumes y cremas carísimas. Aquello era como un sueño y decidió probarlo todo.

Luego, cuando se puso las bragas y el sujetador, dejó escapar un gemido. Ella estaba acostumbrada a la ropa interior de algodón y la seda era tan sensual, tan suave.

Por fin, se puso el vestido y sonrió, satisfecha. Le quedaba perfecto. La suave tela era como una caricia en su perfumada piel. Incluso sus manos, que siempre estaban rojas y agrietadas de trabajar como camarera, parecían otras después de ponerse unas cremas tan caras.

Su pelo brillaba, oscuro en contraste con su piel de color caramelo, y se pintó los labios de rojo, a juego con el vestido. Sus ojos castaños parecían más grandes con esa máscara de pestañas.

Tenía un aspecto... diferente. ¿Era aquel sitio, el vestido, los carísimos artículos de aseo?

¿O era estar con Santiago, embarazada de su hija? ¿O ser la primera mujer a la que había llevado al famoso rancho?

Santiago había dicho que no conocía a su padre y eso era algo que tenían en común. Lo único que ella tenía de su padre era una vieja fotografía de un hombre sonriendo a la cámara mientras la acunaba en sus brazos.

Si Santiago no había conocido a su padre, eso explicaría muchas cosas. ¿Pero por qué estaba siendo tan amable con ella?

No podía confiar en él, eso seguro. Se mostraba amable y cariñoso cuando la deseaba, para luego apartarla de su vida como si fuera basura, de modo que solo podía haber una razón para tanta amabilidad: sabía que chantajearla para que se casara con él no iba a funcionar y había decidido seducirla.

No iba a dejar que lo hiciera, se dijo.

Estaba dispuesta a compartir la custodia de su hija, pero no así su vida o su corazón. Y, desde luego, no compartiría su cuerpo. Nunca sería el juguete de Santiago Velázquez.

Solo tenía que convencerlo y la dejaría volver a casa.

Unos minutos después de las ocho, Belle salió a la terraza sintiéndose extrañamente nerviosa.

Había una pérgola cubierta de rosadas flores de buganvilla y lucecitas que titilaban frente al horizonte...

Y entonces lo vio.

Santiago estaba en la terraza, frente al lago, mirando el rojo atardecer con gesto pensativo. Luego se volvió, increíblemente alto y apuesto con su esmoquin. Y estaba sonriendo.

–Bienvenida –dijo en voz baja, mirándola a los ojos.

Y, de repente, Belle entendió cuál era la razón de su miedo. Su corazón lo había sabido desde el principio, aunque su cerebro se negaba a aceptarlo. Pero era la verdad. No había tenido miedo de la reacción de Santiago sino de su propia reacción. Porque cuando le entregó su cuerpo tantos meses atrás, al mismo tiempo y sin darse cuenta también le había entregado parte de su corazón. Y mientras la miraba con los ojos brillantes tuvo que contener el aliento.

–Estás preciosa –dijo Santiago, ofreciéndole una copa de champán–. Más resplandeciente que las estrellas.

Belle entendió entonces cuál era su juego.

Santiago Velázquez quería conquistarla como había conquistado el mundo. Quería ganársela como había ganado una fortuna. Quería dominarla como había dominado aquel rancho aislado en Texas, tan grande que podría ser su propio reino.

Quería poseerla como su esposa y no aceptaría una negativa.

Capítulo 4

HABÍA estado equivocado sobre ella. Completamente equivocado.

Cuando fue a buscar a Belle estaba convencido de que era una buscavidas, una egoísta de corazón helado dispuesta a mentir para concebir un hijo por dinero.

Pero esa tarde, en la clínica de Houston, había descubierto que nada de eso era verdad.

En el pasillo, mientras esperaba que Belle saliera de la consulta, la doctora Hill le había abierto los ojos.

–¿Entonces me había dicho la verdad?

–La señorita Langtry tenía buenas razones para pensar que nunca podría concebir un hijo. Acabo de recibir su historial médico y no hay la menor duda: hace siete años se practicó una operación para que el embarazo fuera imposible. Un ligamiento de trompas... –la doctora Hill vaciló–. No debería hablarlo con usted...

Pero estaba haciéndolo y ambos sabían por qué. Santiago donaba millones de dólares a la clínica para que personas sin medios económicos pudieran recibir atención médica sin preocuparse de los gastos. Aún recordaba su primer invierno en Nueva York, a los dieciocho años, cuando estuvo enfermo durante meses sin recibir atención médica porque no tenía ni dinero ni seguro.

–¿Belle se operó deliberadamente para no quedarse embarazada? ¿Por qué?

–Tendrá que preguntárselo a ella.

–Pero entonces solo tenía veintiún años... y era virgen. ¿Qué clase de médico haría esa operación?

–Curiosamente, ese médico se retiró un mes más tarde. Al parecer, sufría los primeros síntomas de demencia.

–Pero si se practicó esa operación hace siete años, ¿cómo ha podido quedarse embarazada?

–La señorita Langtry es joven...

–¿Y bien?

–Existe un porcentaje de riesgo después de ese tipo de operación. Es raro, pero ocurre. El cuerpo encuentra maneras de salirse con la suya y es más fácil en pacientes jóvenes.

–¿Entonces de verdad creía que no podía quedarse embarazada?

–Es lo más lógico. No tenía por qué pensar de otro modo.

Fue como un puñetazo en el estómago.

Todo lo que Santiago había creído sobre Belle era un error. No era una buscavidas, no se había quedado embarazada a propósito. Era inocente y le había dicho la verdad desde el principio.

Mientras iban en el helicóptero ella se negaba a mirarlo, pero Santiago no podía apartar los ojos de su hermoso rostro, recordando esa noche de enero. No podía dejar de pensar en lo que había sentido esa noche, en cómo Belle había suspirado de gozo entre sus brazos.

«Me alegro de que estés aquí. No hubiera podido soportar esta noche sola. Tú me has salvado».

Santiago se había ido porque sabía que su vida cambiaría si se quedaba y no había querido que cambiase.

Pero su vida había cambiado sin su consentimiento porque, a pesar de todo, Belle estaba embarazada.

Iba a tener un hijo; una niña inocente que no había pedido ser concebida, pero que crecería con la protección y el cariño de su padre. No iba a dejar que soportase la infancia que él había soportado, ignorado y rechazado por su padre biológico, viendo a su madre tan desesperada por ser querida que se casaba una y otra vez, cada marido peor que el anterior.

No. La vida de su hija sería muy diferente. Tendría un hogar estable, un padre y una madre, seguridad económica. Su hija tendría una infancia feliz, se prometió a sí mismo.

Cuando llegaron al rancho por la tarde, Santiago ya había tomado una decisión. Había querido chantajearla o amenazarla para que se casara con él, pero algo lo había detenido.

Pensar en su hija.

Sabía que Belle tenía razones para odiarlo. La había abandonado, había ignorado sus llamadas, la había tratado mal cuando fue a su casa a hablarle del embarazo.

Sabía que podría obligarla a casarse con él, pero ya no quería hacerlo. No quería ser su enemigo. Por su hija, necesitaba que el matrimonio funcionase, de modo que decidió cambiar de táctica.

En lugar de darle un ultimátum, le había dado tiempo para descansar. La cena estaba organizada y la señora Carlson había comprado el vestido en Alford, siguiendo sus indicaciones, pero aún faltaba una cosa: un fabuloso anillo de compromiso.

Por suerte tenía uno, que había sacado de su caja fuerte. En ese momento estaba en el bolsillo de su chaqueta; un diamante de diez quilates con un brillo casi obsceno.

Había intentado darle ese anillo a otra mujer mucho tiempo atrás. Una mujer a la que amaba tanto que había hecho su fortuna con el deseo de conquistarla. Sintió un peso en el estómago al recordar el día que propuso matrimonio a Nadia con ese anillo para descubrir que ella no lo había esperado. Y el hombre con el que iba a casarse...

Santiago irguió los hombros. Eso era el pasado. Desde ese momento, trataría a la madre de su hija, con respeto y cariño. Belle entraría en razón y no rechazaría su proposición de matrimonio.

El sol empezaba a esconderse detrás del lago cuando la oyó salir a la terraza. Se volvió para mirarla...

Y se quedó transfigurado.

Nunca había visto a una mujer más bella. Con el vestido rojo, el pelo oscuro cayendo sobre los hombros, los labios de un invitador tono carmesí, las pestañas temblando sobre esos ojazos castaños...

Belle alargó una mano para tomar la copa y sus dedos ser rozaron. Su piel era tan suave. Quería besarla. Quería tomarla en brazos como un cavernícola y llevarla a la cama, quitarle el vestido y hacerle el amor hasta que la sintiera temblar, hasta que la oyese gritar de placer.

–No puedo beber champán –murmuró.

–Es zumo de uva.

–¿Zumo? –Belle intentó sonreír mientras tomaba la copa–. Pensé que tú solo bebías café y tal vez whisky.

–Esta es una celebración.

–¿Ah, sí?

–Y si tú no puedes beber champán, yo tampoco lo haré.

Belle frunció el ceño.

–Creo que sé por qué estás siendo tan amable.

–Porque ahora sé que estaba equivocado –dijo Santiago–. Y lo siento.

Ella no podía saber cuánto tiempo había pasado desde la última vez que se disculpó con alguien. ¿Años, décadas?

–¿Qué es lo que sientes?

–Haberme equivocado contigo. Ahora sé que de verdad creías que no podías quedarte embarazada.

–¿*Ahora* me crees?

–La doctora Hill me habló de la operación que te hiciste hace años.

Belle apartó la mirada.

–No debería haberte dicho nada. Eso es asunto mío.

–No, ya no. Cualquier cosa que se refiera a ti o a nuestra hija también es asunto mío –dijo Santiago. Su espeso cabello oscuro caía en ondas sobre las desnudas clavículas, casi hasta sus pechos, que se pegaban a la tela del vestido. De repente, ardía en deseos de estrecharla entre sus brazos, tumbarla sobre la mesa y hacerle el amor allí mismo.

Santiago tuvo que tomar aire para calmarse.

–¿Nos sentamos? –murmuró. Cuando levantó la tapa de una bandeja Belle soltó una carcajada.

–¡Pizza de jamón y piña! ¿En serio?

–Con la salsa barbacoa que te gusta –dijo él, satisfecho–. Y como postre... un pastel de fresas con nata.

Belle lo miró con expresión incrédula.

–¿Cómo lo sabías?

–Por arte de magia.

–No, en serio.

–Llamé a Letty y le pregunté qué te gustaba. Por cierto, no pareció sorprendida por mi llamada.

Belle se puso colorada.

–Ella es la única que sabe la verdad. Letty no le contaría a nadie que tú eres el padre de mi hija después de lo que sufrió con Darius –murmuró, tocando la pizza con un dedo–. Aún está caliente.

–Ya te lo he dicho, es magia.

Ella lo miró con expresión suspicaz y Santiago puso los ojos en blanco.

–Hay un plato caliente debajo de la bandeja. Pero si tengo que contártelo todo la magia desaparece y solo queda un truco barato –le explicó. Iba a añadir «como en las novelas románticas», pero se contuvo porque eso no lo ayudaría–. Ven, siéntate.

Mientras disfrutaban de la cena el sol desapareció del todo tras el horizonte, tiñendo el cielo de un color rosado.

Santiago disfrutaba viéndola comer con apetito y cuando se lanzó sobre la tercera porción de pastel se inclinó hacia delante y rozó sus labios con un dedo.

–Tenías un poco de nata –murmuró antes de chuparlo.

Notó que Belle contenía el aliento y estuvo a punto de besarla entonces, pero se contuvo.

–¿Por qué lo hiciste? –le preguntó–. ¿Por qué te operaste para no tener hijos? Conociéndote, eso no tiene sentido.

Belle dejó la cucharilla sobre el plato, suspirando.

–Mi padre murió cuando yo era una niña –empezó a decir–. Mi madre volvió a casarse unos años después y tuvo dos hijos más...

–Lo sé –la interrumpió él, apretando su mano.

–¿Lo sabes? Ah, claro que lo sabes. Tu investigador privado te lo contó todo, ¿no? Así que también sabrás que mi madre murió cuando yo tenía doce años y mi padrastro seis años después –Belle tragó saliva–. No podía dejar que los Servicios Sociales se hicieran cargo de mis hermanos, así que renuncié a mi sueño de ir a la universidad y me quedé en casa para cuidar de ellos.

Santiago intentó recordar si alguna vez había hecho un sacrificio así por alguien, pero no era capaz.

–No fue fácil –siguió ella en voz baja–. A veces me desesperaba y... entonces conocí a Justin. Era un hombre fuerte y seguro de sí mismo y decía que me quería. Aunque no quería acostarme con él antes de casarnos, él no puso objeciones...

Santiago soltó una risotada incrédula.

–¿Nada de sexo hasta el matrimonio?

–Sí, ya sé que suena un poco absurdo, pero él acababa de divorciarse. Su mujer había sufrido un aborto y eso destruyó el matrimonio. Era diez años mayor que yo, pero decía que no importaba. Incluso estaba dispuesto a ayudarme a criar a mis hermanos, que necesitaban desesperadamente un ejemplo masculino en sus vidas.

–¿Tú crees? –murmuró Santiago, recordando los muchos hombres que habían pasado por la vida de su madre. Ninguno de ellos valía nada y ninguno había durado más de un año.

–Me parecía la mejor solución para todos, pero había una trampa –siguió Belle–. Justin no podía soportar la idea de volver a perder un hijo y solo aceptó casarse conmigo si... si me aseguraba de no tener hijos nunca –Belle bajó la mirada–. Y unas semanas antes de la boda lo hice. Pensé que así todos seriamos felices.

–¿Y tú? ¿La idea de no tener hijos te hacía feliz?

Una risa amarga escapó de sus labios.

–No, a mí no.

–¿Qué pasó? –preguntó Santiago.

–Que Justin me dejó justo antes de la boda –respondió Belle–. Se encontró con su exmujer en un bar... una cosa llevó a la otra y ella se quedó embarazada. Después de eso, decidió darle otra oportunidad a su relación y me confesó que, en realidad, nunca había dejado de quererla. Ahora son felices. Están casados, viven en El Paso y tienen cinco hijos.

Santiago masculló una palabrota.

–Sé lo que estás pensando, que fui una tonta, que sacrifiqué mis sueños por el ideal del amor.

Santiago se levantó para tomar su mano.

–Baila conmigo.

–No, yo...

–¿Tienes miedo? –la retó él, con una seductora sonrisa.

–No, claro que no. Es que no suelo bailar y...

Pero Santiago tiró de ella suavemente y la tomó entre sus brazos. La sintió temblar bajo la pérgola, con la luna iluminando el lago.

–Yo te llevaré –murmuró, apretando su cintura. Estaba transfigurado por su belleza, por su generosidad, por cómo se había sacrificado por sus hermanos y por el hombre con el que una vez pensó que iba a casarse.

Sería una madre maravillosa, pensó. Y una esposa maravillosa.

Lentamente, sin apartar los ojos de ella, inclinó la cabeza para buscar sus labios.

Belle no se apartó. Cerró los ojos, dejando que se acercase, y Santiago la besó. La besó de verdad.

Fue como un relámpago en su cuerpo, en su alma. La sintió temblar mientras se apretaba contra él.

Pero unos segundos después se apartó, con expresión torturada.

–¿Por qué haces esto?

–¿A qué te refieres?

–Cortejarme –respondió ella con cierta amargura– como la noche que me sedujiste. No voy a caer en la trampa otra vez para que vuelvas a romperme el corazón –añadió, empujándolo suavemente–. Dime que es lo que quieres de mí.

Apenas había empezado a cortejarla como quería, pero Belle quería que fuese sincero y lo sería porque la respetaba.

–Muy bien –murmuró, metiendo una mano en el bolsillo de la chaqueta. Luego clavó una rodilla en el suelo y le ofreció un anillo de diamantes que brillaba como las estrellas en el interminable cielo texano–. Quiero que te cases conmigo, Belle.

Ella miró el anillo, luego su cara, luego el anillo de nuevo.

–¿Qué?

–Sé que te he tratado mal, pero no volveré a cometer ese error. Nunca te mentiré, Belle. Seremos algo más que amantes... seremos amigos, compañeros, padres. Sé que tú quieres amor y lamento no poder dártelo, pero puedo ofrecerte algo mejor.

–¿Algo mejor que el amor? –susurró ella.

–Te ofrezco mi lealtad. Nunca te traicionaré, Belle. He hecho muy pocas promesas en mi vida, pero si te casas conmigo nunca estarás sola. Nuestro matrimonio será para siempre.

–¿Para siempre? –repitió ella, sorprendida–. Podría tomar en consideración un matrimonio temporal... por nuestra hija.

–No –la expresión de Santiago se endureció–. Un matrimonio de verdad, Belle. Un hogar de verdad. ¿No es eso lo que quieres? ¿No es lo que nuestra hija merece?

Ella dejó escapar un suspiro.

–No lo sé.

–Yo creo que sí lo sabes.

–Quiero casarme con alguien a quien pueda amar y respetar y tú no eres ese hombre. Tú sabes que no lo eres.

Esas palabras fueron como una puñalada. No sabía que un rechazo aún pudiese dolerle tanto, pero le dolía porque estaba intentando ser sincero y haciendo lo posible por complacerla.

–Tal vez no podamos amarnos, pero querremos a nuestra hija y, se me das una oportunidad, me ganaré tu respeto. Te lo juro.

–No soy tu juguete y no puedes tenerme cuando quieras para divertirte. No soy tuya.

–Te equivocas –la contradijo él–. Eres mía como yo soy tuyo desde el momento que nos acostamos juntos.

–¿De qué estás hablando?

–De ti –susurró Santiago–. Y de cómo eres capaz de embrujarme.

Belle levantó la mirada.

–Puedes encontrar a otra mujer...

–No.

–Claro que puedes. Has estado con montones de mujeres desde esa noche. Modelos, actrices, chicas de la alta sociedad... –Belle no terminó la frase al ver su expresión–. ¿O no es así?

Santiago negó con la cabeza.

–No ha habido nadie más porque no deseo a otra mujer. No la he deseado desde esa noche. Solo te deseo a ti –dijo con voz ronca–. Y serás mía, Belle. No hay otra opción porque yo ya soy tuyo.

«Yo ya soy tuyo».

No era una declaración romántica en absoluto. Lo había dicho como si se sintiera atrapado, incluso oprimido.

–¿De verdad has estado solo durante todos estos meses?

–Sí –respondió él.

–Pero... ¿por qué?

–Porque tú me has hechizado.

«Hechizado». Qué expresión tan antigua, pensó. Y el brillo de sus ojos mientras la abrazaba...

Intentaba no dejarse afectar, pero la arrogante curva de sus seductores labios era irresistible.

Tenía razón, pensó entonces. Era suya desde que la besó aquella noche de enero. Pero no podía fingir que era solo eso... era mucho más.

Esa noche, había sido sincera con él como no lo había sido desde que su madre murió. No había fingido con Santiago porque podía ser ella misma.

Y lo deseaba. Deseaba su calor, su fuerza. Quería al hombre que la había seducido esa fría noche de invierno, no solo con sus caricias sino con sus palabras.

Lo único que impedía que cayese en sus brazos era recordar lo que había sentido cuando despertó sola esa fría mañana de enero, y todas las mañanas después, cuando él ignoró sus mensajes.

–No puedo confiar en ti –le dijo–. Ya no. Si me entrego a ti, ¿cómo voy a saber que no terminaré sola y con el corazón roto?

–Tu corazón estará a salvo porque nunca te lo pediré –respondió Santiago–. Y nunca volverás a estar sola –añadió, tomando su mano para llevársela a los labios–. Nunca –repitió.

La seductora caricia provocó un escalofrío que Belle no pudo disimular.

–No puedo...

–¿Estás segura? –la interrumpió él, apartando el pelo de su frente. La sentía temblar, a punto de rendirse.

–Por favor, no hagas esto –Belle levantó la mirada–. Me estás pidiendo que abandone toda esperanza de encontrar el amor –dijo con voz estrangulada–. Para siempre.

–Esa clase de amor es una ilusión, yo lo sé bien. Mi madre se quedó embarazada de mi padre siendo su criada. Él ya estaba casado y la duquesa también esperaba un hijo, pero no debía encontrar atractiva a su esposa porque una tarde empujó a mi madre a una alcoba y... –Santiago hizo una mueca–. Apenas tenía diecinueve años y estaba atontada por las historias románticas que leía. Por supuesto, el romance terminó en cuanto se quedó embarazada. El duque la echó del palacio y se quedó en la calle, sola, sin dinero. Los sueños no pagan las facturas, pero ella pensaba que solo el amor podía salvarla, así que se casó. Cinco veces.

Nunca se lo había contado a nadie. Nadie sabía de su desastrosa infancia.

–¿Cinco matrimonios?

–Y cada marido era peor que el anterior, pero no era capaz de vivir sola. No podía dormir, así que tomaba pastillas. Una noche tomó demasiadas y murió.

–¿Cuántos años tenías?

–Catorce.

–¿Y qué fue de ti después de eso?

–No tenía parientes, así que me llevaron a un orfanato.

–¿Por qué no acudiste a tu padre?

Santiago hizo una mueca.

–Mi padre ya tenía un heredero y no estaba dispuesto a reconocer a un bastardo, resultado de su aventura con una criada. Fui a verlo a su palacio de Madrid, pero me echó a los perros.

–¿Cómo pudo ser tan cruel? –exclamó Belle.

Santiago miró la luna sobre el lago antes de mirarla a ella.

–En realidad me hizo un favor y yo te lo estoy haciendo a ti al contarte esto. Los cuentos de hadas no son reales y solo cuando renuncies a ellos tendrás alguna oportunidad de ser feliz.

Belle podía entender por qué pensaba eso después de lo que había sufrido de niño y sin embargo...

–¿Nunca volviste a ponerte en contacto con tu padre o con tu hermanastro?

–Tuvieron su oportunidad y la perdieron –respondió él–. Puede que lleve sangre de los Zoya, pero ya no significan nada para mí –Santiago dejó escapar un suspiro–. ¿Me entiendes ahora? Yo no quería que esto pasara. No tenía intención de casarme o de tener hijos, pero no dejaré que mi hija sufra como yo sufrí. La niña llevará mi apellido y tú te casarás conmigo.

–Pero hay otras soluciones aparte del matrimonio...

–Te casarás conmigo o te retendré aquí hasta que nazca la niña y luego te la quitaré. ¿Lo entiendes?

Su tono era tan suave que Belle tardó un momento en entender que estaba amenazándola.

–No serías capaz.

–Te equivocas si crees que tengo el corazón tan blando como tú. No es así.

–¿Estás amenazándome?

–Te estoy diciendo cómo van a ser las cosas. No dejaré que pongas tus tontos sueños por encima de las necesidades de nuestra hija. O te vas de aquí con mi anillo en el dedo o no te irás en absoluto.

–Pero tú no quieres casarte. No quieres ser fiel a una mujer durante el resto de tu vida.

–Pero mantendré mis promesas –dijo él, impaciente–. Y espero que tú lo hagas también.

–Es fácil para ti renunciar al sueño de enamorarte porque nunca has querido a nadie.

Santiago la miró en silencio durante unos segundos.

–¿Entonces estás de acuerdo? –le preguntó después.

–Sí, no sé...

–¿Aceptas mi proposición?

–No tengo alternativa.

–Tú tampoco me has dado muchas opciones –replicó él, poniendo el enorme anillo de platino y diamantes en su dedo–. Este anillo simboliza que estamos atados de por vida.

Belle miró el diamante, frío y pesado. Era precioso, pero nada romántico.

–¿Ahora qué, una boda rápida en el Juzgado?

–No, nos casaremos en Nueva York.

¿De vuelta en Nueva York, la ciudad que se la había tragado, con un hombre que nunca la querría y que prácticamente estaba chantajeándola para que se casara con él?

–Vaya, qué buena noticia –comentó Belle, irónica.

–Nuestra boda será un evento social. Como mi esposa, ocuparás tu sitio en la alta sociedad neoyorquina.

–¿Has perdido la cabeza? ¿Yo, miembro de la alta sociedad?

–Lo serás.

–Ya te he dicho que no soy tuya.

Santiago la miró con los ojos brillantes.

–Te equivocas –dijo en voz baja, tomando su mano para mirar el anillo a la luz de la luna–. Desde este momento, eres mía.

Santiago tomó su cara entre las manos y, lentamente, se inclinó para buscar su boca.

La suave caricia de sus satinados labios hizo que le temblasen las rodillas y cuando enredó los dedos en su pelo dejó de pensar.

Empujándola contra la pérgola, besó su garganta y pasó las manos por la tela roja del vestido, provocando un escalofrío por todo su cuerpo.

–Te deseo –susurró sobre sus labios–. Ven a mi cama esta noche.

Belle abrió los ojos de golpe. El rostro de Santiago estaba en sombras, como un ángel oscuro. Ese había sido el sobrenombre del playboy español en Nueva York, «el ángel». Y en ese momento entendía por qué.

Y ya no podía resistirse. Solo podía rendirse.

Sin decir nada, Santiago la tomó en brazos para llevarla al dormitorio, iluminado apenas por la luz de la luna. La dejó en el suelo y Belle se quedó inmóvil. Arrodillándose ante ella, le quitó los zapatos y luego se incorporó para volver a besarla. Cuando el beso terminó y ella intentaba encontrar aliento, Santiago empezó a bajar la cremallera del vestido, deslizándolo sobre sus generosos pechos, su abdomen y sus caderas hasta que, por fin, cayó al suelo con un frufrú de tela.

Estaba casi desnuda delante de él, solo con el sujetador y las bragas.

–Eres tan hermosa –susurró, alargando una mano para acariciarla por encima del sujetador.

Belle contuvo un suspiro al sentir el calor de sus dedos. Exploraba su cuerpo con las dos manos... sus hinchados pechos, su vientre, sus caderas. Luego agarró su trasero y tiró de ella para aplastarla contra su torso.

Volvió a besarla mientras metía los dedos bajo la copa del sujetador para apretar un pezón entre el índice y el pulgar, provocando un río de lava entre sus piernas. Luego se lo quitó para acariciar sus pechos con las dos manos, como maravillándose de su peso, e inclinó la cabeza para acariciarlos con la boca.

La sensación fue tan intensa que Belle dio un respingo. Pensaba que podría llegar al orgasmo solo con la caricia de sus labios y su lengua, pero se le doblaron las rodillas cuando metió un pezón en su boca para chuparlo con ansia.

Sus miradas se encontraron mientras él se desnudaba, descubriendo un miembro rígido y prominente. Belle alargó una mano para tocarlo. Era aterciopelado, pero tan duro como el acero.

Dejando escapar un gruñido, Santiago se tumbó en la cama y tiró de ella para colocarla sobre su torso. Al principio, Belle se mostraba tímida e insegura... hasta que la besó. Su pelo oscuro caía como un velo, bloqueando la luz de la luna, dejando sus rostros en sombras.

Santiago separó sus piernas con una rodilla y sentir el roce de su rígido miembro presionando contra su húmeda entrada fue suficiente para dejarla sin aire. No sabía lo que debía hacer, pero él la tomó por la cintura para levantarla un poco y luego, con agónica lentitud, tiró de ella hacia abajo, llenándola centímetro a centímetro.

Belle dejó escapar un suspiro de placer. Pensaba que su cuerpo no podría soportar más, pero él consiguió hundirse hasta el fondo, hasta su corazón.

Empezó a moverse entonces, sintiendo la deliciosa fricción, la tensión aumentando dentro de ella mientras se frotaba contra el fuerte torso masculino. Sintiéndose aventurera, empezó a montarlo, sus pechos botando arriba y abajo. Lo montó hasta que todo su cuerpo temblaba de deseo.

Ni siquiera intentaba contener sus gritos y él gritó

con ella, su cuerpo sacudiéndose y latiendo mientras se derramaba en su interior.

Exhausta, cayó sobre él y Santiago, la apretó contra su pecho, besando su frente con ternura. Pero cuando cerró los ojos lo oyó susurrar algo en la oscuridad, tan bajito que se preguntó si lo habría imaginado.

–Ahora eres mía.

Y ese era uno de sus peores miedos.

Capítulo 5

LAS LUCES de Nueva York eran deslumbrantes, pero Belle estaba como anestesiada mientras recorrían el centro de la ciudad, pasando frente a los teatros de Broadway que la habían rechazado.

Ella era una chica de Texas que trabajaba como camarera. ¿Y Santiago esperaba que se mezclase con la alta sociedad de Nueva York? ¿Que se mostrase sofisticada y elegante mientras charlaba sobre cosas mundanas con los ricos y famosos con los que él solía relacionarse?

Belle tenía que hacer un esfuerzo para contener un ataque de ansiedad.

–No voy a hacerlo.

Santiago no se molestó en apartar la mirada del móvil. Habían mantenido esa misma conversación desde que salieron de Texas.

–Lo harás.

–Solo conseguiría avergonzarte. Yo no sé cómo hablar con los ricos.

En esa ocasión Santiago sí levantó la mirada.

–Puedes hablar con ellos como hablas con los demás –respondió con tono burlón–. Son gente normal.

–No, no lo son. Tienen títulos universitarios de sitios como Oxford o Princeton. Son multimillonarios, empresarios, embajadores y artistas famosos que crecieron en mansiones o palacios llenos de criados...

Santiago soltó una carcajada.

–Eres una romántica.

–La cuestión es que no tengo nada en común con ellos.

–Sí lo tienes, yo.

Belle giró la cabeza para mirar por la ventanilla. La noche anterior, Santiago se había hecho dueño de su cuerpo, aunque su corazón intentaba resistirse.

La había hecho sentir cosas que nunca hubiera imaginado, pero por la mañana había vuelto a despertar sola. Aunque en esa ocasión llevaba un enorme diamante en el dedo.

Se había rendido a sus exigencias de matrimonio por su hija y porque no tenía alternativa. Había renunciado a cualquier ilusión de encontrar el amor. Belle miró el anillo de compromiso brillando bajo las luces de la ciudad. Tan duro, tan frío.

Como el hombre que se lo había regalado.

Esa mañana lo había encontrado desayunando en el comedor, con una elegante camisa blanca y un pantalón negro, tan elegante como siempre.

–Buenos días –la saludó, sin apenas mirarla–. Espero que hayas dormido bien. Volveremos a Nueva York hoy mismo.

Nada más. Ni calidez, ni simpatía, ni reconocimiento de la noche que habían pasado uno en brazos del otro. Daba igual lo emocionante, asombroso, explosivo que hubiera sido el sexo. Sin amor que atizase el fuego, todo era vacío.

Y en aquel momento estaban de vuelta en la ciudad que le había roto el corazón.

–No puedo relacionarme con la alta sociedad de Nueva York –anunció.

–¿De qué tienes miedo?

–Se reirán en mi cara. Los ricos son peores que los directores de casting. Recuerda lo que le hicieron a

Letty, despellejándola porque su padre estuvo en la cárcel...

–Esto es diferente.

–Son peores que las serpientes –insistió ella, con un nudo en la garganta mientras miraba el obsceno diamante en su dedo–. Y pensarán lo mismo que pensaste tú, que te engañé para que te casaras conmigo.

–Nadie pensará eso –afirmó él, aparentemente convencido.

Su arrogante expresión hizo que Belle pusiera los ojos en blanco. De verdad creía que podía controlarlo todo, incluso los pensamientos de la gente. Qué absurdo.

–Los hombres como tú no se casan con chicas como yo. Y este anillo...

–¿Qué pasa con el anillo? –la interrumpió él con tono ofendido.

–Es precioso, pero no me pega. Este anillo debería ser de una princesa o de alguien que nunca haya tenido que mover un dedo... –Belle miró su pantalón corto y su vieja camiseta–. Tu mujer debería ser una heredera, una modelo o una estrella de cine. No una camarera de pueblo como yo.

–No hables de ti misma de ese modo –replicó él, mirándola de una forma que Belle no entendía–. Y las estrellas de cine están sobrevaloradas.

–¿Has salido con alguna?

Él giró la cara abruptamente.

–El amor romántico es un sueño, una mentira –dijo en voz baja–. Deberías agradecer que eso no sea parte de nuestra relación.

Belle iba a protestar, pero recordó lo que había sentido cuando Justin la dejó justo antes de la boda. Cuando descubrió que no solo volvía con su exmujer sino que esperaban el hijo que ella ya no podría concebir. El amor no le parecía tan maravilloso entonces.

–No es siempre así.

Santiago esbozó una cruel sonrisa.

–Dame un ejemplo de un romance que haya funcionado.

–Pues... –Belle lo pensó un momento–. Letty y Darius –anunció después con tono de triunfo.

–Ellos no se casaron por amor. Tuvieron suerte. O decidieron aprovechar las circunstancias.

Belle se mordió los labios.

–Tal vez también nosotros podríamos hacer eso.

Él se limitó a darle una palmadita en la mano.

–Mi ayudante ya ha planeado una reunión con la organizadora de bodas más famosa de Nueva York.

Belle sintió un peso en el estómago.

–No quiero una gran boda, no la necesito. Podríamos ir al Juzgado...

–¿Como Letty y Darius?

Eso la hizo callar. Aunque Letty y Darius eran felices, su boda había sido horrible, por mucho que ella hubiese intentando verlo todo de color de rosa.

–Muy bien –asintió por fin–. Como quieras.

Santiago alargó una mano para tocar su hombro.

–Sabemos dónde nos metemos y nuestro matrimonio será duradero. Sin ilusiones ni bobadas románticas. Tú no esperarás que cumpla todas tus fantasías adolescentes.

–No podrías hacerlo aunque quisieras.

–Podría cumplir algunas –murmuró Santiago.

Un segundo después el coche se detuvo.

–Ya hemos llegado, señor Velázquez –anunció el chófer.

–Gracias, Ivan. Vamos, Belle, los empleados están deseando conocerte.

–¿Te refieres al mayordomo?

–Sí, pero Jones no es el único empleado. Hay una cocinera y una criada...

–¿Solo para atenderte a ti? –exclamó ella, perpleja.

–Para atendernos a los dos.

Ivan abrió la puerta del coche y, mientras Kip, un guardaespaldas con tatuajes en el cuello y aspecto peligroso, se encargaba de las maletas, Santiago tomó su mano.

Tres empleados esperaban en el enorme vestíbulo. El primero de la fila era el mayordomo que la había recibido con tanto desdén y que en ese momento no parecía más contento de verla.

–Buenas noches a todos –dijo Santiago–. Quiero presentaros a mi futura esposa, Belle Langtry.

Belle se sentía como un fraude, como si también ella fuese una empleada. Era la primera vez que entraba en una mansión como aquella... ¿y qué sabía ella de dar órdenes a nadie?

–Como mi esposa –siguió Santiago– Belle estará a cargo de la casa, así que, por favor, enseñadle todo lo que necesite saber. Cuento contigo, Jones.

–Por supuesto, señor Velázquez –respondió el mayordomo, mirándola a ella de reojo con una expresión nada amistosa.

–Eso es todo, podéis iros –dijo Santiago–. Ven, voy a enseñarte tu nueva casa.

Los techos eran muy altos, con molduras y lámparas de araña. Sus pasos hacían eco sobre los suelos de brillante madera.

–¿Cuántos años tiene la casa?

–No muchos, fue construida en 1899.

–Es más antigua que mi pueblo. ¿Y de verdad no te parece raro que el mayordomo te vea cuando estás tirado en el sofá, en chándal, comiendo patatas fritas y viendo un partido de futbol?

Santiago soltó una carcajada.

–Los empleados se alojan en la quinta planta y no están pendientes de mí a todas horas.

–¿La quinta? ¿Cuántas plantas tiene la casa?

–Siete, incluyendo el sótano.

–¡Eso no es una casa, es un rascacielos!

–Ven –dijo Santiago sin dejar de sonreír.

Belle tenía los ojos como platos mientras le enseñaba el resto de la mansión, desde la bodega a la sala de cine en el sótano o el salón de baile. Había cinco habitaciones de invitados y nueve cuartos de baño.

–¿Por qué tantos cuartos de baño? ¿Para no tener que limpiarlos todos los días?

–No, eso no es necesario. Los empleados se encargan de todo –respondió él, riendo–. Deja que te enseñe mi segundo sitio favorito de la casa.

Cuando la llevó a un ascensor Belle lanzó una exclamación.

–¿Hay un ascensor?

Santiago pulsó un botón para subir a la terraza y Belle miró alrededor, emocionada. Estaba rodeada de flores y plantas y tenía hasta una pequeña piscina. Pero lo mejor era la vista. Podían ver todo Nueva York desde allí.

–Vaya, si este es tu segundo sitio favorito, no quiero imaginar cómo será el primero.

–Ven, te lo enseñaré –dijo Santiago en voz baja.

Volvieron al ascensor y, unos segundos después, la puerta se abrió frente a una enorme habitación, más grande que la de Texas, con una pared enteramente de cristal desde la que podía ver Central Park. Aparte del dormitorio había un salón con un bar y una pequeña librería, un vestidor forrado de madera lleno de trajes oscuros y un cuarto de baño tan minimalista que incluso las toallas estaban escondidas.

–¿Tu dormitorio?
–Así es.
–¿Y qué es lo que tanto te gusta?
Santiago puso las manos sobre sus hombros, mirándola con los ojos brillantes.
–Qué tú dormirás en él.
Belle tembló al recordar la pasión que habían compartido en el rancho. Y no era tan hipócrita como para fingir.
–¿Qué pensarán los empleados?
Santiago sonrió, divertido.
–Que comparto habitación con mi prometida embarazada. ¿Crees que eso va a sorprenderlos? Ah, querida, qué inocente eres. Los criados piensan lo que les pago por pensar.
Ella soltó un bufido.
–¿Eso es lo que esperas de mí, que haga todo lo que tú me digas y piense lo que tú quieras que piense?
–No –murmuró él, pasando un dedo por su mejilla–. Espero que seas tú misma y digas lo que piensas.
–¿En serio?
–Claro que sí. Para poder convencerte de que yo tengo razón.
Belle puso los ojos en blanco.
–Ah, claro. ¿Cómo no?
–No tengo interés en una mujer felpudo. Prefiero que salten chispas entre nosotros. Serás mi mujer y pronto la madre de mis hijos...
–¿Hijos, en plural?
–Por supuesto. Tú sabes lo importante que es tener hermanos. Yo soy hijo único y mi vida podría haber sido muy diferente de haber tenido hermanos. Imagino cómo habría sido la de los tuyos si tú no hubieras cuidado de ellos.
Belle sintió un escalofrío. Sus hermanos habrían sido

separados y enviados a casas de acogida. O a un orfanato, como Santiago.

–Claro que los hermanos son importantes, pero...

–¿Pero?

–Todo esto es tan nuevo para mí. Siento como si mi vida fuese irreconocible. Planear una boda, mezclarme con la alta sociedad de Nueva York, tener hijos... –Belle sacudió la cabeza–. Yo no sé cómo dirigir una mansión o dar órdenes a los empleados.

–Aprenderás, no te preocupes.

–No sé nada sobre vestidos de diseño, evidentemente –Belle miró su camiseta– ni de maneras elegantes y refinadas...

–Mañana tienes una cita con una estilista personal. Ivan te llevará y Kip irá contigo.

–¿Por qué necesito un guardaespaldas?

–Considéralo un accesorio. Por cierto, tu estilista es... –Santiago nombró a una estilista tan famosa que hasta Belle había oído hablar de ella–. Ella se encargará de elegir la ropa y todo lo demás.

–Guardaespaldas, estilistas –Belle soltó una nerviosa carcajada–. Yo no soy una celebridad.

–Ahora lo eres porque llevas mi anillo en tu dedo –le recordó Santiago–. En cuanto a todo lo demás, yo te iré enseñando. Así será más fácil.

–No va a salir bien. Es imposible.

Él pasó una mano por su brazo, haciéndola temblar de deseo en la penumbra de la habitación.

–Yo te enseñaré –susurró, mientras la llevaba hacia la cama–. Empezando por esto.

La luz del sol entraba por el ventanal cuando Belle despertó a la mañana siguiente. Se estiró perezosamente, sonriendo al recordar la noche anterior...

Pero la sonrisa desapareció al darse cuenta de que despertaba en Nueva York como lo había hecho en Texas: sola.

Santiago le había hecho el amor tan apasionadamente que sus miedos se habían esfumado. Se había perdido en la sensualidad de sus caricias; el deseo era tan profundo e intenso que borraba todo lo demás.

Pero, por la mañana, la realidad era tan fría como su lado de la cama.

Belle miró su reloj. Eran las diez de la mañana y no recordaba la última vez que se había levantado tan tarde. Incluso al principio del embarazo, cuando estaba agotada, se levantaba a las cinco de la mañana para ir a trabajar. No recordaba la última vez que durmió hasta las diez y le parecía un pecado.

Se estiró y, al sentir un aleteo en su interior, pasó una mano por su abdomen, murmurando felizmente:

–Buenos días, cariño.

Luego se dio una larga ducha. Las pocas cosas que llevaba en la maleta habían sido colocadas en el vestidor y se preguntó si habría sido el mayordomo o alguna criada. Esperaba que hubiera sido una mujer. Se sentía incómoda al pensar en el engreído mayordomo husmeando en sus cosas, todas compradas en tiendas baratas y lavadas innumerables veces.

«Los criados piensan lo que les pago por pensar» había dicho Santiago el día anterior.

Pero su experiencia le decía otra cosa. Como camarera, recibía un sueldo por servir desayunos, pero sus opiniones eran propias. Su carácter la había metido en líos más de una vez porque, aunque siempre intentaba ser amable, no iba a dejar que nadie la pisoteara.

«No tengo interés en una mujer felpudo», le había dicho también.

Era cierto en la cama y también fuera de ella en muchas ocasiones. Santiago la hacía sentir más fuerte, más valiente, como si pudiera ser ella misma. Si pensaba que iba a ser una esposa trofeo, pronto se daría cuenta de su error, pero temía ser humillada en el proceso.

Después de cepillarse el pelo se puso una camiseta limpia y un pantalón corto. Todo le quedaba demasiado ajustado, de modo que comprar un nuevo vestuario no sería tan mala idea. Y un corte de pelo no le iría mal. Aunque tendría que ser una estilista valiente para atreverse con esa melena.

En lugar de tomar el ascensor bajó por la escalera. Agradecía que Santiago le hubiera enseñado la casa o estaría perdida, pero cuando se acercaba a la cocina oyó la risa de una mujer.

–No puede ir en serio. ¿De verdad espera que obedezcamos las órdenes de esa pueblerina? Es humillante.

Conteniendo el aliento, Belle se detuvo en la puerta.

–Humillante o no, tendremos que obedecer sus órdenes. Al menos por el momento –replicó el mayordomo con su típico tono desdeñoso–. Y por ridículas que nos parezcan. ¿Quién sabe qué podría pedir?

–¿Una barra de *stripper*? –sugirió la voz femenina.

–Cortezas de cerdo en una bandeja de plata –se burló otra mujer.

–No es nadie, pero el señor Velázquez va a casarse con ella –les recordó el mayordomo– así que debemos obedecer mientras dure el matrimonio. Pero no os preocupéis, una vez que el niño haya nacido, el señor Velázquez la echará de aquí. Esta misma mañana ha ido a ver a su abogado, supongo que para redactar un acuerdo de separación de bienes...

Belle debió hacer algún ruido porque el mayordomo no terminó la frase. Un segundo después, asomó la cabeza en el pasillo y Belle notó que se ponía colorada.

Pero Jones no parecía avergonzado. Al contrario, su expresión era satisfecha mientras decía:

–Ah, buenos días, señorita Langtry. ¿Quiere tomar el desayuno?

Belle no sabía cómo reaccionar. El mayordomo debía saber que había escuchado la conversación, pero no parecía lamentarlo. Había perdido el apetito, pero no iba a ponerse a llorar delante de los empleados.

–Huevos revueltos y tostadas. Tal vez... un zumo de naranja.

–Muy bien.

Pero cuando iba a entrar en la cocina, el hombre se interpuso en su camino.

–El desayuno se sirve en el comedor, señorita Langtry. Póngase cómoda.

Cómoda era lo último que se sentía en ese momento, sola en una mesa en la que cabrían veinte personas. Y no encontraba el *Financial Times* suficiente compañía como para olvidar las crueles palabras de los empleados.

«Pronto la echará de aquí... el señor Velázquez ha ido a ver a su abogado».

Santiago no le había dicho cuáles eran sus planes para aquel día. Ni siquiera se había despedido. Le había hecho el amor por la noche y había desaparecido al amanecer. Como siempre.

¿De verdad había ido a ver a su abogado para redactar un acuerdo de separación de bienes?

Por supuesto que sí, pensó amargamente. Santiago no confiaría nunca en ella. A pesar de sus buenas palabras sobre amistad y compañerismo, su matrimonio sería un simple acuerdo basado en un contrato.

Aquella mansión no era un hogar, pensó, mirando las lámparas de araña y los altos techos del comedor. Aquel no era su sitio, pensó, tocándose el abdomen. Y tampoco el de su hija.

Echaba de menos a sus hermanos, a Letty, que estaba en Grecia con su familia. Echaba de menos a sus amigos de Bluebell. Pero sobre todo echaba de menos tener control sobre su vida.

¿Por qué querría una mujer quedarse embarazada de un multimillonario si eso significaba sentirse siempre como una extraña? ¿Su propia hija, criada en un sitio como aquel, acabaría despreciándola?

Jones sirvió el desayuno en una bandeja de plata y luego desapareció, esbozando una burlona sonrisa. Belle intentó comer algo, pero todo le sabía a ceniza. Fue un alivio cuando Kip, el musculoso y tatuado guardaespaldas, apareció en la puerta.

–¿Está lista, señorita Langtry? Ivan ya ha sacado el coche.

Belle había temido la cita con la famosa estilista, pero en ese momento el propio infierno hubiera sido preferible a seguir en aquella mansión, llena de empleados que se reían de ella.

Pero por la tarde, cuando por fin volvió a la casa, se sentía aún peor. Había sido toqueteada, medida, peinada y, sobre todo, criticada. Su pelo era horrible, su ropa espantosa, y las cutículas... la famosa estilista había gritado de espanto antes de enviar a una ayudante al rescate. Todos parecían pensar que era una roca, incapaz de sentir nada, un trozo de arcilla que debía ser moldeado a gusto de los demás.

Belle nunca se había preocupado demasiado por su aspecto porque siempre había tenido cosas más importantes en las que ocuparse, como criar a sus hermanos y poner comida en la mesa. De modo que intentó ser paciente mientras elegían un vestuario y un corte de pelo apropiados para su nuevo estatus como esposa de Santiago Velázquez.

Varias horas después, la famosa estilista la colocó frente a un espejo.

–¿Qué te parece?

Belle contuvo el aliento. Su pelo, perfectamente liso, caía en brillantes capas sobre los hombros. Su rostro parecía brillar bajo el maquillaje y el elegante vestido negro le daba un aspecto sofisticado.

–No me reconozco –murmuró.

A lo que la pretenciosa estilista respondió con una carcajada.

–Entonces he hecho bien mi trabajo.

Belle entró en la mansión sintiéndose ridícula con aquel elegante y sofisticado vestido negro. Kip iba tras ella, cargado de bolsas...

Santiago había mencionado una fiesta de compromiso que pensaba organizar en dos semanas. «Cuando te sientas más cómoda en la casa».

¿Cómoda? Estaba enferma de preocupación.

Se encontró con la criada y la cocinera en el pasillo y las dos mujeres se mostraron sorprendidas por su nuevo aspecto.

–Está muy guapa, señorita –dijo Anna, la criada.

Y Belle se preguntó si estaría riéndose de ella.

La propia Anna llamó a la puerta de su habitación unas horas después.

–El señor Velázquez ya está en casa y quiere que se reúna con él para cenar.

Medio dormida, Belle se atusó un poco el pelo frente al espejo antes de bajar al comedor. Al verla, Santiago se levantó para darle un beso en la mejilla.

–Estás muy elegante –le dijo, mientras apartaba una silla–. ¿Quién es la reina de la alta sociedad ahora?

No pareció notar su falta de apetito durante la cena, pero cuando la besó en el dormitorio y Belle no respondió Santiago frunció el ceño.

–¿Qué ocurre?

–Es el maquillaje –improvisó ella–. Siento como si llevase una máscara de Halloween.

Santiago esbozó una sonrisa.

–Yo puedo arreglar eso.

La llevó a la ducha y frotó su cara con jabón hasta que el maquillaje desapareció y se sintió ella misma de nuevo. Solo entonces, cuando su piel estaba rosada, brillante y limpia, empezó a relajarse.

–Así está mejor –murmuró él besándola hasta que se le doblaron las rodillas.

Después de secarla con una toalla, Santiago la llevó a la cama y puso una mano en su mejilla.

–Tú mandas –susurró.

Y era el éxtasis, la gloria. Sus almas parecían convertirse en fuego, igual que sus cuerpos. Cuando estaban juntos en la cama se olvidaba de todos sus miedos. No sentía más que placer porque en ese momento eran uno del otro.

Pero cuando despertó por la mañana, de nuevo estaba sola.

Capítulo 6

DOS SEMANAS después, Santiago volvía a casa con el gesto torcido.

Su empresa, Velázquez Internacional, llevaba dos semanas negociando la adquisición de una cadena hotelera canadiense, pero las negociaciones habían sido un fracaso. Había ofrecido un precio excelente, pero los McVoy seguían negándose, no porque quisieran más dinero sino porque exigían la promesa de mantener a todos los empleados.

Santiago hizo una mueca. ¿Qué tonto prometería tal cosa? Por eso estaba tenso, se decía a sí mismo. No tenía nada que ver con el acuerdo de separación de bienes que llevaba en el maletín.

Por supuesto, Belle debía firmar el acuerdo. Él era multimillonario, ella no tenía nada. Sin un acuerdo de separación de bienes se arriesgaría a perder la mitad de su fortuna desde el momento que dijese: «sí, quiero».

Pero se sentía inquieto cuando entró en la mansión, llena de flores y empleados que iban de un lado a otro. Pronto llegarían los primeros invitados a la fiesta de compromiso, donde Belle sería presentada a la alta sociedad de Nueva York. Santiago tomó el ascensor para ir a su habitación y se detuvo al ver a Belle frente al espejo, con un elegante vestido negro, su pelo sujeto en un sofisticado moño. Estaba poniéndose los pendientes de diamantes que le había regalado el día anterior, tan brillantes como el anillo de diez quilates que llevaba en el dedo. Pero cuando se dio la vuelta notó que estaba pálida.

–¿Qué ocurre?

Ella esbozó una temblorosa sonrisa.

–Estaba empezando a pensar que iba a tener que bajar sola a la fiesta.

–No, claro que no –Santiago dejó el maletín en el suelo y se inclinó para besarla en la mejilla–. Estás preciosa.

–Ah, me alegro. Entonces el dolor merece la pena.

–¿El dolor? ¿Te han hecho daño?

Ella levantó un pie para mostrarle el zapato de tacón.

–Son una tortura, pero al menos la niña está cómoda porque todos mis vestidos son anchos –Belle miró el maletín–. Bueno, ¿cuándo vas a dármelo?

–¿A qué te refieres?

–Al acuerdo de separación de bienes.

Santiago parpadeó, sorprendido. ¿Cómo lo sabía? Por supuesto que lo sabía, se dijo a sí mismo. Belle era intuitiva e inteligente.

–Tú sabes que es necesario.

–Sí, lo sé.

No discutió, no se quejó. Santiago se sintió como un canalla y eso lo irritó aún más. Incómodo, entró en el vestidor para ponerse el esmoquin.

–Santiago, ¿soy una esposa trofeo? –le preguntó Belle unos minutos después.

–¿De qué estás hablando?

–Ayer, durante la reunión con la organizadora de bodas, conocí a otras mujeres. Todas iban vestidas del mismo modo, como si llevasen un uniforme –Belle miró el vestidor–. Elegantes vestidos de color negro o beige.

Santiago se dejó caer sobre la cama para ponerse los zapatos italianos.

–Yo no te he dicho cómo tienes que vestir.

–No, pero me lo dijo la estilista. E insistió en que siempre debía llevar zapatos de tacón para parecer más alta –Belle miró sus pies y dejó escapar un suspiro–. Lo siento, estoy intentándolo, de verdad. Es que temo no ser lo que tú necesitas y no poder encontrar mi sitio en tu mundo...

–¿Mi mundo? Yo tampoco nací rico, Belle. En Madrid no tenía nada y he descubierto que solo hay una forma de encajar en un mundo que no te quiere: a la fuerza. Tendrás que hacer que sea imposible ignorarte.

–¿A la fuerza? Ni siquiera puedo hacer que la organizadora de la boda tome en consideración mis ideas. Nuestra boda va a ser horrible.

–¿Horrible por qué?

Belle puso los ojos en blanco.

–Ella la llama «posmoderna». Mi ramo de novia será un cactus y en lugar de una tarta nupcial servirán una espuma dorada.

–No me digas.

–Cuando le dije que quería un sencillo ramo de flores y una tarta normal la mujer se rio de mí. De verdad, se rio de mí y me dio una palmadita en la mano, como si fuera una niña pequeña.

Santiago soltó una carcajada.

–Sé que organiza bodas poco convencionales, pero es la mejor y le he pedido que organice la más espectacular de la temporada.

–¿Espectacular significa malgastar millones de dólares en cosas estúpidas que yo no quiero para impresionar a gente a la que ni siquiera conozco?

–Dijiste que querías encajar en mi mundo, ¿no? Una gran boda es una demostración de poder.

–Pero no me deja invitar a mis hermanos. Dice que un fontanero y un bombero no se sentirían cómodos en un evento tan importante, pero yo creo que teme que no peguen con la decoración.

¿No quería invitar a los hermanos de Belle? Santiago estaba dispuesto a consentir el cactus y la espuma dorada, pero excluir a miembros de la familia era inaceptable.

–Hablaré con ella –dijo mientras terminaba de ajustarse la pajarita–. ¿Bajamos?

A Belle le temblaban las manos mientras lo tomaba del brazo.

–Habrá tantos invitados esta noche...

–Todo saldrá bien –dijo él, aunque entendía su nerviosismo. En agosto la ciudad solía estar desierta, pero todos los que habían recibido invitación habían respondido que acudirían. Aunque tuviesen que viajar desde Connecticut o los Hampton.

Al parecer, todo el mundo sentía curiosidad por conocer a la embarazada prometida de Santiago Velázquez, el famoso playboy.

–Imagino que habrá cotilleos sobre mí –dijo Belle.

–No hagas caso.

–El mayordomo tiene razón, no soy nadie.

–Tampoco lo era yo cuando llegué aquí –señaló Santiago.

–Pero ahora eres multimillonario. Seguro que nunca has fracasado en nada.

Eso no era cierto. Cinco años antes, Santiago había fracasado de la forma más espectacular. Pero no iba a hablarle de Nadia, ni en ese momento ni nunca.

Pulsó el botón del ascensor y se volvió hacia ella con el ceño fruncido.

–Espera un momento. ¿Qué has querido decir con eso del mayordomo? ¿Jones te ha dicho algo?

–Le oí hablando con la criada y la cocinera hace un par de semanas. Se burlaban de mí... Jones dijo que solo tendrían que obedecer mis órdenes hasta que naciese nuestra hija porque luego tú te librarías de mí.

–¿Qué? ¿Por qué no me lo habías contado?

La expresión de Santiago se volvió colérica. Era intolerable que los empleados se atreviesen a burlarse de la mujer con la que iba a contraer matrimonio. Cuando salieron del ascensor se dirigió a un joven que estaba colocando copas sobre una bandeja.

–Dile a Kip que se encargue de abrir la puerta.

–Muy bien.

Luego se dirigió hacia la cocina, donde Jones, Dinah Green, la cocinera, y Anna, la criada, estaban ocupados preparándolo todo.

–¿Qué ocurre, señor Velázquez? –preguntó el mayordomo.

Santiago miró de uno a otro con expresión helada.

–Estáis despedidos. Los tres. Haced las maletas, os quiero fuera de aquí en quince minutos.

–Pero la comida para la fiesta... –empezó a decir la señora Green.

–¿Qué hemos hecho? –preguntó Anna.

–Ha sido usted –dijo Jones, fulminando a Belle con la mirada–. Usted le ha pedido que nos despida.

–Yo no quería que esto pasara. Por favor, Santiago, no tienes que...

Pero él estaba furioso y no atendía a razones.

–Esta fiesta ya no es asunto vuestro.

El mayordomo irguió los hombros en un gesto desdeñoso.

–Muy bien. De todas formas, trabajar para ella habría destruido mi reputación profesional. Este no es su sitio.

–¿Crees que eso destruiría tu reputación profesional? –repitió Santiago, con un tono tan gélido que Belle se asustó–. Si vuelves a hacer un comentario sobre mi prometida yo me encargaré de que nadie vuelva a contratarte.

–Santiago... –Belle tiró de la manga de su chaqueta–. No quiero que pierdan su trabajo. Solo quería contarte...

–Debería haber imaginado que se lo contaría –la interrumpió Jones con gesto venenoso–. Para eso estuvo espiando.

El acento británico de Jones había desaparecido y, de repente, Santiago supo por qué el mayordomo había odiado a Belle desde el primer día.

–No eres británico –lo acusó.

–No, nací en Nueva Jersey y estoy harto de ser mayordomo –respondió Jones, mirando a Belle–. Usted puede quedarse aquí hasta que la eche, pero yo tengo mejores cosas que hacer.

Después de eso salió de la cocina con gesto altanero.

–¿Queréis decir algo más? –preguntó Santiago.

La joven criada, Anna, se volvió hacia Belle con gesto avergonzado.

–Lo siento, señorita Langtry. Lamento mucho haber dicho lo que dije.

La cocinera dio un paso adelante.

–Y yo bromeé sobre la barra de stripper porque... bueno –la mujer se puso colorada– yo fui stripper de joven durante unos meses. No es algo de lo que esté orgullosa, pero el padre de mi hijo nos había abandonado y estaba desesperada.

–Por favor, no me despida –le suplicó Anna–. Necesito este trabajo. Estoy pagando mis estudios de Derecho y necesito el dinero.

–Lo siento, pero ya no está en mi mano. Belle lo decidirá.

Anna la miraba con ojos suplicantes y la cocinera estaba a punto de llorar.

–Por favor, quedaos –dijo Belle con voz temblorosa–. Si no os avergüenza trabajar para mí...

–No, claro que no –declaró Anna fervientemente–. ¿Cómo iba a avergonzarme? Me avergüenzo de mí misma por haber dicho lo que dije.

–Yo también –confesó la cocinera–. Gracias, señorita Langtry.

Belle esbozó una sonrisa.

–Yo sé lo que es estar embarazada y sola. Nadie te va a juzgar por lo que hiciste.

–No me deis razones para lamentar la generosidad de mi prometida –les advirtió Santiago–. No habrá una segunda oportunidad.

–No, señor Velázquez.

Cuando salieron de la zona de servicio Santiago la miró intentando disimular una sonrisa.

–Tendremos que contratar otro mayordomo.

–Yo creo que no hace falta. Podemos arreglarnos sin mayordomo.

–¿Quieres ahorrar gastos? –bromeó Santiago.

Belle sonrió, señalando el enorme anillo de diamantes.

–No me puedo ni imaginar lo que habrá costado.

Nada, pensó él, aclarándose la garganta.

–Y los pendientes –le recordó. Esos, al menos, habían sido comprados especialmente para ella.

–Podrían ser falsos y nadie se daría cuenta de la diferencia. Yo menos que nadie, así que es tirar el dinero.

–Como buscavidas eres terrible – ironizó Santiago.

–Lo sé –asintió ella, mirando el anillo–. Es precioso, pero me siento un poco culpable. Con este anillo seguramente se podría comprar un coche.

Cuando lo compró, cinco años antes, pagó lo que hubiera pagado por una casa. Pero lo había comprado para otra mujer, de modo que Belle no debería sentirse culpable.

El timbre sonó de nuevo y Kip, que medía dos metros, abrió la puerta. El invitado, un embajador, puso cara de sorpresa y su enjoyada esposa parecía espantada.

–Oh, no –susurró Belle.

–No sé si Kip es el más adecuado para hacer de mayordomo –dijo Santiago.

–Sería mejor que lo hiciéramos nosotros.

–¿Abrir la puerta nosotros mismos?

–¿No sabes abrir una puerta? –bromeó Belle–. Venga, vamos a darles una gran bienvenida texana.

–Pensé que te daban miedo los ricos y famosos.

–Y así es, pero mi madre solía decir que solo hay una forma de superar el miedo: lanzarse de cabeza.

Viendo la determinación en su precioso rostro, Santiago sintió la tentación de hacer una contraoferta: echar a los invitados, cerrar la puerta y hacerle el amor allí mismo, entre los jarrones de flores y las bandejas de canapés.

Pero el timbre sonó de nuevo y Belle tiró de él hacia la puerta.

–Acabo de despedir a Jones, Kip –dijo Santiago–. Asegúrate de que no se lleve la plata.

–Sí, señor –murmuró el guardaespaldas, claramente aliviado.

Santiago, con Belle a su lado, abrió la puerta para dar la bienvenida a sus ilustres invitados. Todos eran extraños para Belle, pero los recibió con una amable sonrisa, como si de verdad se alegrase de verlos. Algunos parecían encantados, otros más bien sorprendidos.

Santiago estaba eufórico y, mientras observaba a Belle charlar con todo el mundo, sintió una mezcla de orgullo y deseo. No podía apartar los ojos de ella. Era bellísima.

Con ese vestido, los zapatos de tacón, el maquillaje y el elegante moño parecía una chica de la alta sociedad. Llamaba la atención más que nadie. Era la mujer más bella de la fiesta.

Solo él sabía de sus miedos e inseguridades, pero eso hacía que se sintiese aún más orgulloso de ella. Esa noche admiraba su valor y su gracia más que su belleza.

La fiesta fue un éxito por Belle. Ella era la estrella.

En ese momento estaba charlando con los propietarios de la cadena hotelera canadiense, que parecían encantados con ella.

Se le daba tan bien ser anfitriona como a Nadia, pensó, asombrado. Quizá incluso mejor.

Había conocido a Nadia en el orfanato de Madrid, cuando tenía catorce años. Era rubia, preciosa, un año mayor que él, con unos ojos de color violeta y una risa ronca y sensual. Se había enamorado de inmediato. Cuando le contó que pensaba escaparse para buscar a su padre, el duque de Sangovia, Nadia decidió ir con él.

Se había quedado entre unos arbustos mientras los guardias del palacio llamaban a su padre por teléfono, pero la respuesta del duque había sido soltarle a los perros. Santiago había salido huyendo, perseguido por dos enormes mastines, tropezando hasta la verja para caer a los pies de Nadia.

–No has tenido suerte, ¿eh? –había dicho ella, mirando los amplios ventanales del palacio–. Algún día yo viviré en un sitio como este.

–Yo no –había replicado Santiago, mirando hacia atrás con odio–. Mi casa estará a miles de kilómetros de aquí y será mucho mejor que este palacio. Y tú serás mi mujer.

–¿Casarme contigo? No, yo voy a ser una estrella

de cine. No pienso casarme ni contigo ni con nadie a menos que... –Nadia miró el palacio con gesto soñador–. Si pudieras hacerme duquesa me lo pensaría.

Eso era algo que Santiago nunca podría hacer. Él no era el legítimo heredero, solo un bastardo cuyo padre no se había molestado en darle un hogar, un apellido o un minuto de su tiempo. Y, de repente, se sintió abrumado por una oleada de cólera.

Él sería mejor que su padre, mejor que su hermanastro. Mejor que todos ellos.

–Algún día seré multimillonario. Entonces te pediré que te cases conmigo y tú dirás que sí.

Nadia había reído, incrédula.

–¿Multimillonario? Sí, claro. Pídemelo entonces.

Había ganado sus primeros mil millones de dólares cuando tenía treinta años, pero era demasiado tarde. El día que su empresa salió a Bolsa subió a su jet privado para ir a Barcelona, donde Nadia estaba rodando una película. Cuando llegó a su lado clavó una rodilla en el suelo y le ofreció el anillo, como había imaginado durante toda su vida. Y luego esperó.

Uno nunca sabía cómo iba a reaccionar Nadia, que sabía cómo encandilar con una sonrisa y romper el corazón de un hombre con una sola mirada. Preciosa como una reina, ella había pestañeado coquetamente.

–Lo siento, cariño, llegas demasiado tarde. Acabo de aceptar la proposición de matrimonio de tu hermano –le dijo, levantando la mano izquierda, donde brillaba un exquisito anillo antiguo–. Voy a vivir en el palacio de Las Palmas y algún día seré duquesa. Solo puedo hacer eso si me caso con el legítimo heredero del duque de Sangovia y ese no eres tú, lo siento.

Era amargo pensar que Nadia viviría con su padre y su hermano mientras él nunca los había conocido.

Nadia se había casado con su hermano cinco años

antes y, mientras esperaba convertirse en la duquesa de Sangovia, se contentaba con el título de marquesa y el más frívolo título que le habían otorgado las revistas europeas: «la mujer más bella del mundo».

–Tienes una chica estupenda.

Santiago volvió al presente, sorprendido. Era Rob McVoy, el director de la cadena hotelera canadiense.

–Gracias.

–El hombre que haya conseguido el amor de Belle debe ser un hombre de confianza, así que he cambiado de opinión. Firmaremos el acuerdo.

–¿En serio?

El hombre le dio una palmadita en el hombro.

–Nuestros abogados se pondrán en contacto.

Santiago estaba asombrado. ¿Habían negociado durante semanas sin llegar a ningún sitio y estaban dispuestos a venderle la empresa después de charlar unos minutos con Belle?

Seguía asombrado horas después, cuando los aperitivos y el champán casi habían desaparecido, las flores empezaban a marchitarse y los últimos invitados estaban despidiéndose. Belle había subido a la habitación para descansar, dejando a todo el mundo con ganas de conocerla mejor. ¿Cómo se había hecho tan popular con tanta gente en tan poco tiempo?

No con todo el mundo, por supuesto. Algunas de las esposas y novias trofeo la miraban con recelo, susurrando a sus espaldas.

Todos los demás la adoraban.

Santiago subió a la habitación y la encontró sentada en la cama, frotándose los doloridos pies.

–Estos tacones son una tortura, de verdad.

Dejando caer la chaqueta del esmoquin al suelo, se sentó a su lado y se puso un pie en la rodilla para darle un masaje.

–Ah, qué maravilla –murmuró ella, cerrando los ojos.

–¿Lo has pasado bien en la fiesta?

–Sí, muy bien.

–¿De verdad?

Suspirando, Belle abrió los ojos.

–Sí, claro.

–Eres la peor actriz que he conocido nunca –observó Santiago, sin dejar de masajear sus pies.

–Muy bien, no ha sido fácil. Estos zapatos son un tormento y la gente hablaba de cosas que yo no entendía... tipos deudores, activos, acciones. Otros hablaban de artistas a los que no conozco y parecían impresionados con tus cuadros.

Santiago sonrió.

–Esta noche has sido asombrosa. Cada vez que te miraba, la persona con la que estabas hablando parecía embelesada.

–¿En serio? Ah, no, solo intentas ser amable.

–Perdona, ¿nos conocemos?

Belle soltó una carcajada.

–Bueno, he hecho lo que he podido.

–Has cerrado un acuerdo multimillonario.

–¿Qué?

–Los McVoy...

–Ah, los de Calgary. Eran muy simpáticos.

–He estado semanas negociando con ellos, intentando comprar su cadena hotelera... se habían negado a vender hasta esta noche. Acaban de aceptar por ti.

–¿Por mí?

–Dicen que el hombre al que tú quieras no puede ser malo.

–Pero yo no les he dicho que te quiero –murmuró Belle, apartando la mirada.

–Lo habrán supuesto ya que vamos a casarnos

–bromeó él, levantando las manos para darle un masaje en el cuello mientras respiraba su aroma a vainilla y azahar.

–¿Puedo hacerte una pregunta?

–Vas a preguntarme de todos modos.

–Sí, es verdad. ¿Qué es lo que tienes contra el amor?

Santiago se quedó inmóvil.

–Ya te hablé de mis padres.

–¿Es por eso? No, tiene que haber algo más, alguien más –Belle tomó aire–. Tú conoces mi triste historia romántica, pero yo no sé nada sobre tu vida...

–No, es verdad –la interrumpió él–. Hubo una mujer.

No sabía por qué estaba dispuesto a contárselo ya que nunca se lo había contado a nadie.

–Cuando era un adolescente conocí a una chica en el orfanato. Era rubia, preciosa, con los ojos de color violeta... –Santiago se puso tenso al recordar lo que había sentido por Nadia entonces–. Era mayor que yo, muy lista y valiente. Los dos teníamos grandes sueños para el futuro, los dos queríamos conquistar el mundo –añadió, esbozando una sonrisa amarga–. A los catorce años le pedí que se casara conmigo y ella me dijo que volviera a pedírselo cuando fuese millonario. Y lo hice.

–¿Qué?

–Gané mil millones de dólares para ella –Santiago apretó los labios–. Tardé dieciséis años, pero cuando mi compañía salió a Bolsa cinco años atrás, fui a España con un anillo de diamantes.

Sin darse cuenta miró la mano de Belle, pero, por suerte, ella no se dio cuenta.

–¿Y qué pasó? –le preguntó, con los ojos de par en par.

–Que era demasiado tarde. Ella quería algo que yo no podía darle y acababa de comprometerse con mi hermano.

–¿Tu hermano?

–Me dijo que se había sentido atraída por Hugo en parte porque le recordaba a mí. Una versión mejor de mí –le contó, sin emoción. Tenía mucha práctica en no mostrar emociones, en no sentir nada–. Y ni siquiera podía criticarla por ello. Casarse con el hijo del duque de Sangovia significa no solo ser rica sino famosa y poderosa en toda Europa. Y algún día, cuando mi padre muera, será duquesa.

–De todos los hombres de la tierra va a elegir a tu hermano –Belle sacudió la cabeza–. Qué mujer tan horrible. Ahora entiendo que no quieras saber nada del amor o del matrimonio. ¿Qué hiciste al saber que iba a casarse con tu hermano?

Santiago se encogió de hombros.

–Volví a Nueva York y trabajé más que nunca. Mi fortuna es ahora más grande que la de ellos. La familia Zoya tiene una hacienda en Argentina, así que compré un rancho más grande en Texas. Ellos tienen una colección de arte, pero la mía es mejor. No los necesito, no son nada para mí.

–Pero son tu familia –dijo Belle, entristecida.

–Ellos decidieron no serlo.

Belle lo abrazó y, por un momento, Santiago aceptó el abrazo, respirando profundamente. Ni siquiera se había dado cuenta de lo tenso que estaba hasta ese momento, pero la tensión desapareció entre los brazos de Belle.

Ella le ofrecería consuelo esa noche. Y lealtad. Gracias a su encanto había logrado que firmase un acuerdo importante. Se lo había dado todo sin pedir nada a cambio y quería mostrarle su agradecimiento, pero a Belle no le gustaban las joyas, los vestidos o las obras de arte. ¿Entonces qué?

Enseguida se le ocurrió una idea.

–Tendremos la boda que tú quieras.

Los ojos de Belle se iluminaron y solo por eso merecía la pena.

–¿De verdad?

–Y tus hermanos estarán invitados. No tenemos que organizar una gran boda... de hecho, mientras seamos marido y mujer antes de que nuestra hija venga al mundo me dan igual los detalles.

Ella inclinó a un lado la cabeza.

–¿Qué tal si nos casamos aquí?

–¿Aquí?

–Sí, aquí. Y quiero llevar un ramo de flores, nada de cactus. Y una tarta de verdad.

–Ah, Belle –riendo, Santiago tomó su cara entre las manos–. Olvida lo que dije sobre encajar en mi mundo. Nunca encajarás.

–¿Qué?

–No tienes que encajar porque tú has nacido para llamar la atención, querida. Eras la mujer más bella de la fiesta. Nadie podía compararse contigo y yo no podía apartar los ojos de ti.

–¿De verdad?

–Solo hay un problema: el vestido –Santiago pasó las manos por la prenda–. Me está volviendo loco.

–¿Qué le pasa al vestido?

Él la envolvió en sus brazos.

–Qué aún sigues llevándolo puesto –susurró, inclinando la cabeza para buscar sus labios.

Capítulo 7

PARA Santiago el sexo siempre había sido algo sencillo, fácil. Un alivio rápido, un breve placer rápidamente olvidado.

Pero el sexo con Belle era diferente. Era un incendio, una conflagración, una droga de la que nunca tenía suficiente. Pero, como ocurría con cualquier droga, pronto empezó a sufrir efectos secundarios indeseados y sorprendentes.

No podía negarle nada. La celebración que había propuesto la organizadora de bodas hubiera sido el evento del año, pero Belle quería una ceremonia íntima, sin pompa ni prensa, que no aumentaría el prestigio de su apellido.

Y dejaría que se saliera con la suya.

Y su influencia no terminaba ahí. Santiago se encontraba pensando en ella durante el día, cuando debería estar concentrado en dirigir su empresa. Estaba distraído y eso afectaba a su negocio. Se sentía impaciente, incluso aburrido, en las reuniones.

Llevaba casi veinte años concentrado en convertir Velázquez Internacional en un conglomerado multimillonario, pero se encontraba firmando documentos sin pensar. Le daban igual los beneficios. Solo quería volver a casa para estar con Belle. En sus brazos, en su cama.

Y la situación empeoraba. Por la noche, entre sus brazos, perdido en sus grandes y expresivos ojos castaños, besando sus sensuales labios, empezaba a sentir algo que había jurado no sentir nunca más. Algo más que deseo.

Le importaba su opinión. Le importaba todo en ella.

El matrimonio era algo que podía justificar, un mero pedazo de papel para darle el apellido a su hija.

Pero que Belle le importase tanto...

Necesitar que fuera feliz. Necesitarla a ella...

Eso era otra cosa.

Él nunca se arriesgaría a la devastación de amar a alguien otra vez. No podía ser tan estúpido.

Cada noche sentía la intimidad creciendo entre ellos y la boda en la que una vez había insistido empezaba a parecerle una bomba de relojería. A punto de explotar. De destruir todo lo que había levantado.

Hacía que desease salir corriendo.

«He hecho una promesa», se recordó a sí mismo. «A Belle, a nuestra hija. No voy a ir a ningún sitio».

Pero el miedo se intensificaba cada día. Daba igual que intentase esconder sus sentimientos, daba igual que intentase negarlos.

«Tengo que casarme con ella por mi hija. Solo es un papel, no voy a vender mi alma».

Pero, por mucho que se lo dijera, no podía escapar de sus miedos.

Belle despertó al amanecer el día de su boda y, cuando abrió los ojos y miró el otro lado de la cama, esbozó una sonrisa más brillante que el sol.

Santiago dormía a su lado.

Era un buen augurio y sonrió, feliz, escuchando su tranquila respiración en la penumbra del dormitorio.

Iba a casarse con él esa noche. Y justo a tiempo, además. Tres semanas antes de salir de cuentas estaba tan hinchada que apenas cabía en el vestido. Esa noche, en la terraza, en una ceremonia a la luz de las velas, se convertiría oficialmente en la esposa de Santiago Velázquez.

Aquel mes en Nueva York había sido maravilloso y Belle había decidido redecorar la casa. Las siete plantas, el ascensor, la terraza con piscina, el sótano, todo se había convertido en un hogar de verdad, un hogar cómodo y acogedor. Había flores, alegres cojines y mullidos sofás en los que podía relajarse.

Después del incómodo principio se había hecho amiga de las empleadas, Dinah Green, la cocinera y Anna Phelps, la criada, y a menudo las ayudaba con sus tareas. A veces por tener compañía, otras porque le gustaba cuidar de la casa.

Entre las tres se habían encargado de que todo estuviese preparado para el día de la boda.

Sería muy sencilla ya que solo acudirían familiares y amigos íntimos. Un juez amigo de Santiago oficiaría la ceremonia y después cenarían en la terraza, con música de un trío de jazz, tarta y champán. Y todo terminaría a medianoche.

Planear el evento no había sido difícil. Ella no era exigente y, además, había descubierto que vivir en el *Upper East Side* de Manhattan, tener un conductor a su disposición y una tarjeta de crédito sin límite de gasto era una experiencia de Nueva York completamente diferente.

En realidad, todo allí era diferente. Un ginecólogo iba a verla a casa, tenía tiempo libre y Santiago parecía encantado con los cambios. Su corazón se aceleraba cuando volvía a casa cada noche y cenaban juntos. Siempre estaba muy ocupado y a menudo trabajaba hasta muy tarde, pero los fines de semana solían cenar en los mejores restaurantes de Manhattan.

Había conseguido entradas para un famoso musical de Broadway y, sentada a su lado esa noche, Belle se dio cuenta de que no querría cambiarse por la actriz protagonista. Le gustaba quién era, con Santiago a su lado. Lo miró de soslayo y, sonriendo, él apretó su mano.

Luego, un segundo después, la apartó abruptamente.

Era algo extraño. A veces se sentía tan cerca de él... pero al minuto siguiente se mostraba distante o incluso salía de la habitación. No sabía qué era peor.

Tal vez tenía algún problema en el trabajo. O tal vez estaba nervioso por la llegada del bebé.

Belle estaba deseando tener a su hija en brazos. La niña dormiría en una cuna, al lado de la cama, durante los primeros meses, pero ya había decorado una habitación para ella, con las paredes de un rosa pálido, una lámpara de araña, una cuna blanca y una mecedora. Y un gigantesco oso de peluche. Santiago lo había llevado el día anterior y había necesitado la ayuda de Kip para meterlo en la habitación.

Belle había soltado una carcajada.

–¿No tenían uno más grande en la tienda?

–Me alegro de que no fuera así porque habría tenido que traerlo con una grúa. Apenas cabía en el ascensor.

–Eres un genio –había dicho ella, besándolo–. Lo único que yo he hecho hoy por la niña es buscar nombres.

–¿Has encontrado alguno?

–Tal vez –respondió ella–. ¿Qué te parece Emma Valeria, por tu madre y la mía?

La expresión de Santiago se volvió helada.

–Llámala como tu madre si quieres. Deja a la mía fuera de esto.

Y después de eso salió abruptamente de la habitación.

Belle dejó escapar un suspiro. Siempre pasaba de

caliente a frío. Incluso en los momentos más felices. Era asombroso. Aparte de la noche del compromiso, cuando le contó su historia con la mujer que le había roto el corazón, Santiago no había vuelto a compartir con ella nada de su vida.

Belle sacudió la cabeza. No tenía sentido preocuparse. Aquel era el día de su boda y debería estar alegre. Además, por una vez había despertado con Santiago a su lado.

Con cuidado, se levantó de la cama para abrir las cortinas. Las calles de Nueva York ya empezaban a cobrar vida, llenas de taxis y gente corriendo de un lado a otro.

Esa noche, Santiago y ella unirían sus vidas para siempre, rodeados de su familia y amigos. Letty y Darius habían ido desde Grecia con el niño y su amiga había prometido ayudarla a peinarse y maquillarse. Y eso no era todo.

Dos días antes, Santiago había enviado su jet a Atlanta, donde Ray era el propietario de un próspero negocio de fontanería, y a Denver, donde Joe se estaba entrenando para ser bombero.

Belle había gritado de alegría al verlos. Era la primera vez que se veían en dos años y se abrazaron, contentos. Sus hermanos estaban emocionados ante la idea de ser tíos y bromearon sobre el tamaño de su abdomen y el lujo de la mansión.

–Este es un mundo nuevo, Belle –había dicho Ray, antes de confesarle que le daba miedo usar las toallas porque parecían carísimas.

–Eres feliz aquí, ¿verdad, Belle? Sé que Santiago tiene aviones privados y mansiones, ¿pero te quiere? ¿Tú le quieres a él?

Belle había hecho lo que haría cualquier hermana mayor: mentir.

–Pues claro que me quiere –respondió. Y entonces se dio cuenta de algo horrible, que no era mentira–. Y yo le quiero a él.

Dos días antes de la boda se veía forzada a enfrentarse con la realidad: estaba enamorada de Santiago.

Cuando aceptó su proposición de matrimonio pensó que no debería importarle que él no la quisiera. Santiago era un magnate, un hombre implacable que no podía querer a nadie. El amor no era para él y se había dicho a sí misma que podía vivir con eso.

Pero estaba equivocada.

«Gané mil millones de dólares. Para ella».

Aún recordaba el anhelo en la voz de Santiago cuando le contó la historia de la mujer a la que había amado. De modo que estaba equivocada, Santiago sí sabía amar. Una vez había amado tanto a una mujer que había pasado años trabajando solo para ella, como en los cuentos de hadas que solía leer a sus hermanos cuando eran pequeños. Un campesino demostraba su valor matando un dragón, conquistando un ejército o navegando por los siete mares para ganarse el corazón de la hermosa princesa.

Pero Santiago no había logrado el corazón de su amada. La princesa era un privilegio más que le había sido negado porque era el hijo de una criada. Y todo lo que había hecho para demostrar que el rechazo de su padre no le importaba, desde comprar el histórico rancho en Texas a la colección de arte o amasar una fortuna mayor que la de los Zoya, solo demostraba lo contrario: que le importaba mucho.

Daba igual, se dijo a sí misma, desesperada. Todo eso había ocurrido mucho tiempo atrás. La mujer se había casado con su hermano y vivían en España, al otro lado del mundo.

Pero allí, en Nueva York, el cuento de hadas era

diferente. Belle era la campesina y Santiago el guapo y distante rey. Ella haría cualquier cosa para ganarse su corazón: matar un dragón, capturar un ejército. ¿Pero cómo?

Estaba esperando una hija suya, ¿pero podría conquistar algún día su corazón?

Belle miró a Santiago, aún dormido. Anhelaba que fuera suyo, suyo de verdad. A partir de esa noche sería su mujer, su compañera. Su amante.

Pero nunca su amor.

Entró en el baño y se dio una larga ducha, intentando controlar la ansiedad y el miedo de casarse con un hombre al que amaba, pero que no podía corresponderla.

Un hombre que tal vez seguía enamorado de la mujer a la que perdió tiempo atrás.

«Tal vez la niña nos unirá», se dijo, pero sabía que estaba engañándose a sí misma. Santiago sería un padre atento y cariñoso, pero nunca mataría dragones ni sacrificaría su vida por ella como había hecho por la hermosa española.

Belle salió de la ducha y se miró al espejo. Aquel debería ser el día más feliz de su vida, pero en sus ojos había un brillo de tristeza. Luego miró el enorme diamante en su dedo. Aunque poco práctico, era hermoso y especial. Santiago lo había elegido para ella y eso tenía que significar algo.

Cuando volvió al dormitorio, él había desaparecido. Le había dicho que tenía que pasar por la oficina antes de la ceremonia, pero había esperado que cambiase de opinión. Y necesitaba alguna certeza porque, de repente, temía estar a punto de cometer el mayor error de su vida; un error por el que no sufriría ella sola.

Pero la decisión ya estaba tomada. Iba a casarse con Santiago.

El día transcurrió con agónica lentitud. Sus hermanos fueron a visitar la estatua de La Libertad y el *Empire State* mientras ella recibía la visita de su ginecólogo y luego se encargó de los últimos detalles para la ceremonia. Por la tarde, por fin llegó la hora. Belle entró en el vestidor y acarició el vestido de corte imperio que había encontrado en una tienda *vintage* de Chinatown. Era de seda color crema y le encantaba.

Sonriendo, se puso un precioso conjunto de braguitas, sujetador y medias con liguero. En cualquier momento llegaría Letty para ayudarla a peinarse y maquillarse. Tendría que fingir que era feliz, pensó, aunque sentía que estaba a punto de cometer un error al entregar su vida y su corazón de forma permanente a un hombre que no podía amarla.

«Vas a casarte por tu hija», se dijo a sí misma. ¿Pero crecería su hija pensando que era normal que sus padres no se quisieran? ¿Que era normal vivir sin amor?

Estaba a punto de sufrir un ataque de ansiedad cuando oyó un golpecito en la puerta. Pensando que era Letty, gritó:

–¡Un momento!

Pero la puerta se abrió y Belle se volvió para protestar, intentando esconder su desnudez.

–¡Santiago! ¿Qué haces aquí? ¿No sabes que da mala suerte ver a la novia antes de la ceremonia? –Belle torció el gesto al ver su expresión–. ¿Qué ocurre?

–Mi hermano... ha muerto.

–¿Qué?

Su expresión era seria, angustiada.

–Murió hace dos días.

–Lo siento –susurró Belle, dejando caer el vestido de novia para abrazarlo–. ¿Qué ha pasado?

–Hugo sufrió un infarto y su coche se estrelló. El funeral es mañana, en Madrid.

Belle contuvo el aliento.
–Vas a perdértelo. Lo siento...
Entonces sus ojos se encontraron y supo la verdad.
–No vas a perdértelo –murmuró–. Vas a Madrid.
–Me marcho inmediatamente.
–Pero nuestra boda...
–Tendremos que cancelarla temporalmente. Mi ayudante se encargará de todo.
–Pero si no lo conocías...
–Mi padre me necesita.
–¿Te ha llamado?
Santiago apretó los labios.
–No, me llamó la viuda de mi hermano. Me ha pedido que vaya a Madrid, por mi padre.
–La viuda... –Belle tardó un momento en entender.
La viuda de su hermano, la única mujer a la que Santiago había amado en toda su vida. ¿Sería hermosa, moderna, ingeniosa, poderosa, sexy? ¿Todo lo anterior?
¿Y cómo podría ella compararse con tal mujer?
No podía hacerlo y se sentía enferma.
–¿Belle?
–Ha debido ser... extraño hablar con ella después de tanto tiempo.
–Sí, así es –asintió él–. Dijo que mi padre quería verme. Ahora no tiene a nadie porque su mujer murió hace años. Hugo y Nadia no tienen hijos, de modo que yo soy el último de los Zoya.
–¿Estás diciendo...?
–Que después de treinta y cinco años, el duque de Sangovia está dispuesto a reconocerme como su hijo legítimo.
Y Belle supo en ese momento que su vida estaba a punto de cambiar porque un hombre al que no conocía había sufrido un infarto en España.

–Siento mucho tener que posponer la boda –siguió Santiago.

Algo en su tono hizo que se preguntase si de verdad lo lamentaba. Aunque enseguida se reprochó tal pensamiento. ¿Cómo podía pensar en su decepción cuando el hermano de Santiago acababa de morir y su padre había decidido reconocerlo como hijo legítimo?

–Iré contigo a Madrid.

–No, no puedes viajar en avión en tus circunstancias.

–¿Por qué no? El ginecólogo ha venido esta mañana y dice que estoy bien.

–¿Estás dispuesta a soportar el viaje para ir al funeral de un hombre al que no conociste?

–Claro que sí –respondió ella, con un nudo en la garganta–. Voy a ser tu mujer.

Santiago apretó los labios.

–Muy bien, de acuerdo.

Pero Belle tuvo la impresión de que no estaba contento.

–A menos que tú no quieras que vaya.

–No, no es eso. Es que no quiero que te sientas incómoda.

–No quiero que vayas solo.

–Es muy comprensivo por tu parte –dijo Santiago con gesto serio–. Pero no esperaba menos de un corazón tan generoso.

Sus palabras deberían haberla animado, pero no le pareció un cumplido sino una acusación.

–Cámbiate de ropa. Nos iremos en diez minutos.

Belle lo vio salir de la habitación con el corazón pesado.

Cuando despertó esa mañana había tenido miedo de casarse con Santiago y pasar el resto de su vida amándolo cuando sabía que él no podía corresponderla, pero acababa de descubrir que podía haber algo mucho peor que eso: ver a Santiago enamorado de la bella aristócrata que una vez había sido la dueña de su corazón.

Capítulo 8

MADRID. LA ciudad de los sueños. La tercera ciudad más grande de Europa, construida con clásica grandeza desde la Plaza Mayor al famoso Museo del Prado o la ancha y elegante Gran Vía.

Santiago no había estado en Madrid desde que se fue de allí a los dieciocho años para hacer fortuna. Ya no era un crío desesperado sino un poderoso magnate, un multimillonario hecho a sí mismo.

A los catorce años le había suplicado a su padre que lo recibiera. En ese momento era el duque de Sangovia quien suplicaba, no él.

En realidad, había sido Nadia quien le suplicó en nombre de su padre. Había sido extraño escuchar su voz por teléfono, como resucitar un fantasma. No había sentido nada, ni odio siquiera.

Tal vez debería darle las gracias, pensó. Al fin y al cabo, había sido ella quien lo empujó a convertirse en el hombre que era: poderoso, rico.

Sin corazón.

Miró por la ventanilla del Rolls Royce mientras recorrían las abarrotadas calles de la ciudad. Madrid había sido una ciudad polvorienta hasta que el rey Felipe II trasladó allí la Corte durante el Siglo de Oro. Incluso entonces la familia Zoya había servido al rey, ganando batallas para levantar su propio imperio. Su hermano mayor, Hugo, había nacido con el título de marqués y había sido educado para ser un duque. Pero su hermano había muerto.

Su hermano. Un término demasiado importante para una relación inexistente. Igual que con su padre.

Aquel día, durante el funeral de Hugo, por fin conocería a su padre en persona. Lo único que sabía de él era lo que había leído en los libros y lo que su madre le había contado cuando era pequeño. Y vería a Nadia, la mujer a la que había amado una vez y a quien había creído su alma gemela. Los dos habían hecho realidad los sueños que tenían en el orfanato, veinte años atrás. Él era multimillonario, ella una famosa actriz de cine.

Pero no era una duquesa, pensó. Ese sueño había muerto con su marido.

Santiago miró el cielo. Había empezado a caer una fina llovizna y no podía imaginar un escenario más perfecto para un funeral.

Belle iba sentada a su lado en el antiguo coche con un elegante vestido negro y una chaqueta, sin mirarlo. Apenas habían intercambiado unas palabras durante el viaje. Lo había dejado solo con sus oscuros pensamientos y no le había reprochado la cancelación de la boda.

Ninguna otra mujer hubiera sido tan comprensiva, pero Belle lo era, comprensiva y generosa.

Las emociones burbujeaban dentro de él, ardientes como lava. Había vivido de espaldas a los sentimientos durante toda su vida, pero no estaba seguro de poder seguir haciéndolo.

No había ido al funeral de su madre, veinte años antes, porque no hubo funeral. Sus cinco maridos habían desaparecido sin dejar rastro y su frustración y su amargura habían alejado a todos sus amigos. Solo le quedaba su hijo y había hecho todo lo posible para que la odiase.

De pequeño Santiago notaba que otros niños recibían besos y abrazos de sus madres, y se preguntaba por qué la suya no lo trataba con el mismo cariño.

«Porque eres malo» decía ella, enfadada. «Sacabas de quicio a tus padrastros cuando no guardabas tus juguetes. Tú has hecho que se fueran».

A los catorce años entendió la razón por la que su madre nunca lo había querido: lo culpaba por todos sus sueños rotos. Incluso por su nacimiento y el final de su relación con el duque.

Por eso se marchó de Madrid, una ciudad que guardaba tan tristes recuerdos, en cuanto pudo. Le había encantado Nueva York desde el principio. ¿La ciudad era despiadada, sin corazón? Bueno, también lo era él. Resultaban perfectos el uno para el otro.

–Mira –dijo Belle, a su lado–. ¿Toda esa gente ha venido al funeral de tu hermano?

Santiago hizo un gesto de sorpresa al ver una multitud frente a la catedral. Había tanta gente que la policía había tenido que poner vallas.

–No están aquí por él.

–¿Ah, no?

–Hay algo que debes saber sobre la esposa de Hugo...

Pero antes de que pudiese terminar la frase el conductor abrió la puerta del coche y tuvieron que abrirse paso entre la gente que había ido a dar el último adiós a Hugo, marqués de Flavilla, el único hijo legítimo del poderoso duque de Sangovia y marido de la mujer más bella del mundo.

–Murió de forma tan inesperada –oyó que decía alguien a su lado–. De un infarto a los treinta y seis años. Una tragedia morir tan joven.

–Su pobre esposa...

–Ah, ella. He oído que llevaban años separados. Seguramente este funeral será bueno para su imagen.

Apretando los dientes, Santiago siguió recorriendo el pasillo de la catedral, apretando la mano de Belle. La gente se apartaba a su paso, susurrando:

–El hijo secreto del duque...

–El hijo bastardo...

–Un multimillonario americano.

Por todas partes veía miradas de curiosidad. Aristócratas, empresarios y políticos de todo el mundo parecían admirarlo como había soñado una vez ser admirado.

Qué ironía. Su hermano había muerto y, de repente, él se había convertido en un Zoya.

Frente al altar vio un ataúd cerrado, cubierto por un manto bordado con el escudo de armas de la familia. El hermano al que nunca había conocido, el elegido, el heredero. Rodeando el ataúd había flores, velones y sacerdotes con pesadas vestiduras.

Luego miró a las dos personas que ocupaban el primer banco. El primero era un anciano en silla de ruedas, su padre. Comparado con las fotografías que había visto parecía muy viejo. Estaba muy delgado y su piel era tan pálida que parecía transparente. A su lado había una mujer con un elegante vestido negro y un sombrerito con velo. Nadia.

A los treinta y seis años seguía siendo alta, rubia, delicada y hermosa como un ángel, pero su belleza era como un veneno que una vez había probado y había sido casi mortal.

Nadia clavó en él sus ojos de color violeta y luego, cuando bajó la cabeza para decirle algo al anciano, el duque de Sangovia levantó la cabeza para mirar a su hijo bastardo por primera vez en su vida.

Durante un segundo, Santiago contuvo el aliento. Luego exhaló. ¿Qué le importaba a él lo que pensara su padre?

Tras él, Belle dejó escapar una exclamación que lo hizo girar la cabeza.

–¿Esa es tu ex? –murmuró, con voz estrangulada–. ¿Nadia Cruz?

–Así es.

–Es la famosa actriz, la he visto en el cine. Es una de las estrellas más famosas del mundo.

–Lo sé –dijo él, impaciente.

–¡Santiago! Gracias a Dios has venido –lo saludó Nadia, ofreciéndole sus manos–. Ven, la Misa está a punto de empezar. Te hemos guardado un sitio... ¿quién es? –preguntó al ver a Belle a su lado.

–Mi prometida –respondió él–. Belle Langtry.

Belle no hablaba español, pero había entendido su nombre.

Nadia esbozó una fría sonrisa.

–Solo hemos guardado un sitio para la familia. Ella tendrá que sentarse detrás.

–Ella se queda conmigo –dijo Santiago automáticamente.

Entonces, el duque de Sangovia, que parecía haber encogido desde la última vez que lo fotografiaron, anunció imperiosamente:

–Te sentarás entre Nadia y yo. Tu compañera puede encontrar otro sitio.

Estuviese afligido o no, Santiago no iba a dejar que le diese órdenes.

–Belle se queda.

–No pasa nada, encontraré un sitio atrás –dijo ella en voz baja–. No te preocupes.

Santiago se encontró sentado entre su padre, cuya atención había anhelado una vez desesperadamente, y la mujer a la que había amado con locura.

Girando la cabeza, vio a Belle tres bancos detrás de él. Estaba pálida y seria, pero cuando sus ojos se encontraron esbozó una sonrisa. Siempre tan comprensiva, siempre tan generosa. Haciendo que confiase en ella, que la amase. Llevándolo a su propia destrucción.

Santiago volvió a girarse, con una tormenta rugiendo en su interior.

Durante la Misa se sentía aturdido, incómodo. Miraba el ataúd, cubierto con el escudo de armas de los Zoya y rodeado de flores. Nunca hubiera imaginado que algún día estaría sentado al lado de su padre en un lugar de honor, para que lo viese todo el mundo.

Después de la ceremonia salieron de la catedral y subieron a una limusina para acudir a la recepción en el palacio de los Zoya.

Belle se sentó a su lado, frente a Nadia y el duque. Los dos miraron su abultado abdomen y luego apartaron la mirada, como si su condición fuese una afrenta personal.

Poco después llegaron al palacio de Las Palmas, con un precioso jardín tras una alta verja de hierro. La misma verja que Santiago había saltado cuando era un huérfano de catorce años.

–Agradezco a Dios que hayas venido. Tú eres todo lo que me queda –murmuró el duque cuando iba a salir del coche–. Tú eres el único que puede salvar a esta familia.

Había sido un día muy largo, pensó Belle, cansada. La cancelación de su boda, el viaje, el elaborado funeral, el fabuloso palacio en Madrid... y descubrir que la ex de Santiago era Nadia Cruz.

Y, horas después, aquello.

Se sentía exhausta y abrumada mientras miraba el castillo medieval de los Zoya. Tras la recepción en

Madrid habían viajado hasta el pueblo de Sangovia, el corazón de la historia y el poder de la aristocrática familia.

–¿Estás bien? –le preguntó Santiago.

Ella intentó sonreír.

–Sí, estoy bien.

Pero no era verdad. En absoluto. No había estado bien desde que Santiago canceló la boda el día anterior. Había dormido mal en el avión y luego, en el funeral, había descubierto que todo era peor de lo que había temido.

La ex de Santiago, la marquesa viuda, era la famosa estrella de cine Nadia Cruz. Famosa, hermosa, poderosa, todo lo que ella no era. Y su padre, el anciano duque de Sangovia, aún no se había dignado a mirarla.

Durante la recepción en el palacio de Las Palmas, el duque, Santiago y Nadia saludaron a cada uno de los ilustres y poderosos invitados... primeros ministros, presidentes, miembros de familias reales.

Belle se quedó un poco atrás sin saber qué hacer. Rodeada de tanta gente rica y poderosa, en aquel fabuloso palacio, se sentía fuera de lugar.

¿Cómo podía ella competir con algo así?

Se había sentido intimidada por la mansión de Santiago en Manhattan, pero el palacio de Las Palmas, con su clásica arquitectura y sus fabulosos cuadros, era abrumador. Había frescos en el techo, una elaborada escalera de mármol y retratos de los ilustres antepasados de la familia por todas partes.

Había esperado que Santiago se despidiese de Nadia y de su padre para volver a Nueva York, pero tenían que ir a Sangovia para la lectura del testamento de su hermano.

–¿Tenemos que hacerlo? –le preguntó.

–Tú puedes volver a Nueva York esta misma noche.

–¡No!

–Solo te faltan tres semanas para dar a luz, Belle. Deberías volver a casa.

Parecía como si quisiera librarse de ella y esa posibilidad le encogía el corazón.

–No, me quedo contigo.

–Belle...

–Acabamos de llegar a España –lo interrumpió ella–. No pienso irme.

Santiago la miró en silencio durante unos segundos.

–Muy bien, quédate durante un día o dos. Luego volverás a Nueva York.

No volvieron a hablar durante los noventa minutos que duró el viaje hasta el pueblo de Sangovia, con un castillo medieval vigilándolo desde un alto risco.

Le había parecido precioso desde lejos, pero cuando atravesó sus enormes puertas vio que era un lugar vetusto, helado y aterrador. Las ventanas eran diminutas y escasas, y los muros de helada piedra. Aquel castillo pertenecía a una época brutal de batallas y sangre, como las armaduras que lo adornaban.

El duque desapareció por un corredor, con un enfermero empujando la silla de ruedas, y Nadia desapareció también, dejándolos solos en la oscura entrada. Y, de repente, Belle sintió la tentación de echarse en sus brazos y preguntarle por qué se mostraba tan distante.

Entonces escucharon una tosecilla a sus espaldas. Una criada de uniforme les dijo en español:

–Yo les acompañaré a sus habitaciones.

–Sí, claro –murmuró Santiago–. Gracias.

La mujer los llevó por una escalera. Todo olía a

moho y los muebles parecían tener cientos de años. ¿Por qué viviría nadie en un sitio como aquel?, se preguntó.

–Las habitaciones de la familia están por aquí –dijo tímidamente, abriendo una puerta.

Era un dormitorio formal y anticuado, lleno de antigüedades. Y la cama con dosel no parecía muy cómoda.

–Venga conmigo, señorita –dijo entonces la criada–. La llevaré a su habitación.

–¿A su habitación? –repitió Santiago–. Mi prometida dormirá aquí, conmigo.

–Lo siento, pero Su Excelencia no aprueba que dos personas que no están casadas compartan dormitorio.

–¿No me diga? ¿Es por eso por lo que solía seducir a las criadas en alcobas?

La mujer pareció asustada.

–Señor...

–Déjelo –la interrumpió él, apretando los dientes–. Dígale a Su Excelencia...

–No pasa nada –intervino Belle, apretando su brazo–. Esta es su casa y acaba de perder un hijo. Puedo dormir en otra habitación por una noche o dos. Además, estoy agotada.

–Muy bien, como quieras.

–Su Excelencia ha pedido que baje usted inmediatamente al salón, señor. Yo llevaré arriba a la señorita.

–¿Arriba? ¿Está muy lejos?

–Pues...

–Da igual –intervino Belle–. Tu padre te necesita, ve con él.

–¿Estás segura?

–Sí, claro.

–Iré a verte después –dijo él con expresión distante–. Y a darte un beso de buenas noches.

Tal vez entonces, pensó Belle esperanzada, podrían intentar cerrar la distancia que había entre ellos.

–De acuerdo.

Santiago la besó en la frente.

–Hasta entonces.

–Por aquí, señorita.

Belle siguió a la criada por un pasillo. Subieron por una empinada escalera, después otra y luego otra más. Empezaban a dolerle las piernas y tuvo que apoyarse en la pared para buscar aliento.

Cuando creía haber llegado a su destino la joven empezó a subir por una angosta escalera de madera y, por fin, empujó una puerta y dijo con tono avergonzado:

–Esta es la habitación que le han asignado, señorita.

Belle se dio cuenta de que estaban en el torreón, cuatro plantas por encima de la habitación de Santiago. Como si fuera una pariente loca.

–Hay un baño –dijo la criada con tono de disculpa.

Belle asomó la cabeza. Era tan pequeño como un armario, con un inodoro, un lavabo y una estrecha ducha. Como única iluminación, una simple bombilla colgada del techo.

La opinión del duque sobre ella no podía estar más clara.

–Lo siento, señorita.

Belle tuvo que hacer un esfuerzo para sonreír.

–No pasa nada.

–Es usted muy amable. Si le hubieran dado una habitación como esta a la marquesa, sus gritos se oirían desde varios kilómetros.

Y por eso, pensó Belle, las mujeres bellas como Nadia Cruz siempre conseguían lo que querían mientras las chicas como ella terminaban en el torreón, solas.

Después de ponerse el pijama se cepilló los dientes y se metió en la cama, con su duro colchón, intentando permanecer despierta hasta que Santiago fuese a darle el beso de buenas noches que había prometido.

Esperó y esperó.

Pero Santiago no apareció.

Capítulo 9

SANTIAGO, con un vaso de whisky en la mano, miraba el gélido salón, lleno de cuadros renacentistas y libros forrados de piel que seguramente nadie habría tocado en varios siglos. Y los ojos de su padre eran aún más fríos.

–¿Qué estás diciendo?

–Te quedarás en España, como mi heredero –respondió el anciano desde su silla de ruedas.

Una vez hubiera matado por escuchar esas palabras, pero en ese momento...

–Me has ignorado durante toda mi vida. ¿Por qué iba a querer ser tu heredero?

–Es tu derecho de nacimiento.

–No lo ha sido durante treinta y cinco años.

–Todo ha cambiado tras la muerte de mi hijo –dijo el hombre, que parecía cansado–. Me estoy muriendo, Santiago. Tú eres el único Zoya que queda en el mundo. Si no te haces cargo de la familia, no habrá otro duque de Sangovia.

Santiago apretó los dientes.

–¿Y por qué iba a importarme? Tú abandonaste a mi madre, me abandonaste a mí antes de que naciese. ¿Qué me importa a mí el ducado? Tengo mi propia empresa, mi propio imperio. Mi vida no está en España.

–Podría estarlo.

–He venido al funeral de Hugo para mostrar mis

respetos, nada más. Y también porque sentía curiosidad por ver al hombre que nunca quiso reconocerme como hijo legítimo.

–¿Y para ver a Nadia? –sugirió el duque–. Ha sido una buena nuera para mí. Es preciosa, elegante, famosa, la consorte perfecta –el hombre hizo una pausa–. No ha sido capaz de darme un heredero, pero en cuanto a eso... tal vez aún no sea demasiado tarde.

Santiago torció el gesto.

–¿Qué quieres decir?

–Sé que estuviste enamorado de ella y puede que sea el destino. Nadia aún podría darme un heredero. Contigo.

–¿Has perdido la cabeza? Mi prometida y yo estamos a punto de tener un hijo...

–Debes dejar a esa mujer –lo interrumpió el duque–. Ella nunca será aceptada en ningún sitio. Ni en Madrid ni en los círculos de la aristocracia europea. Sería una crueldad forzarla a ocupar un sitio que no le corresponde y donde siempre se sentiría rechazada.

–Ah, ya veo, solo estás mirando por ella –dijo Santiago, irónico–. Olvidas que yo crecí como un bastardo, sin dinero ni educación...

–Tú eres diferente. Eres mi hijo, llevas sangre de los Zoya en las venas. Y has levantando un imperio que inspira respeto.

A pesar de sí mismo, Santiago sintió una punzada de orgullo al escuchar esas palabras. Pero no debería sentir nada, no quería sentir nada.

–Así que esperas que la abandone, como tú hiciste con mi madre.

–Y por las mismas razones –respondió el duque con toda tranquilidad–. Yo no podía divorciarme de mi mujer para casarme con una criada. Hubiera perdido mi fortuna y dañado el honor de la familia.

–¿Seducir a una chica de dieciocho años para luego abandonarla te parece más honorable?

–A veces hay que tomar decisiones difíciles. Esa chica, Belle, no tiene nada. No es nadie. Ten un hijo con ella si eso es lo que deseas, pero no te cases. Si quieres ser mi heredero, debes casarte con la mujer adecuada para el próximo duque de Sangovia.

–Me casaré con quien quiera y tú, Sangovia y Nadia podéis iros al infierno.

–No te cases con esa chica americana –insistió el anciano–. ¿De verdad crees que sería feliz aquí, en mi mundo? Sería muy cruel para ella y para el hijo que espera. Déjala ir.

Santiago estaba a punto de discutir, pero entonces recordó la triste expresión de Belle desde que llegaron a Madrid.

–Perdone, Excelencia –los interrumpió un enfermero–. Es la hora de su medicina.

El duque asintió con la cabeza. Luego, al pasar al lado de Santiago apretó su brazo con una mano temblorosa.

–Tienes el poder de elegir, hijo mío. Déjala ir. Acepta tu puesto en mi familia, sé mi heredero y el futuro duque para continuar el legado de nuestros antepasados. El ducado, tu vasto imperio empresarial y el matrimonio con Nadia te convertirían en uno de los hombres más poderosos del mundo. Piénsalo.

Santiago se quedó solo, con sus tristes pensamientos por toda compañía.

Su padre estaba ofreciéndolo todo lo que había soñado desde niño, lo que había anhelado durante años: una reivindicación de su valía.

Pero esa no era la única razón por la que, de repente, se sentía tentado de aceptar. Nervioso, se pasó una mano por el pelo.

Durante los últimos meses se había acercado a Belle de un modo que al principio le había gustado, pero que empezaba a asustarlo. Experimentaba una felicidad que nunca hubiese imaginado. Admiraba su belleza, su generosidad, su ingenio, la luminosidad de sus preciosos ojos castaños. No podía olvidarla, la necesitaba.

Solo tenía que mirarlo y de inmediato accedía a sus deseos. Porque no podía soportar verla infeliz, ni siquiera un momento.

Y eso no le gustaba.

No quería necesitar a nadie. No quería depender de nadie porque cuando alguien te importaba de verdad te volvías débil y vulnerable. Había aprendido eso cuando era muy joven, con Nadia.

«Sé que estuviste enamorado de ella y puede que sea el destino. Nadia aún podría darme un heredero. Contigo».

Esa idea le resultaba repulsiva. A pesar de su angelical belleza, Nadia tenía el alma de una serpiente. Era una mercenaria, una buscavidas. La idea de tocarla le producía repugnancia.

Pero con Nadia no arriesgaría su corazón como le pasaba con Belle.

Si era sincero consigo mismo, cuando recibió la llamada de Madrid se dio cuenta de que tenía la excusa perfecta para cancelar la boda. Porque, en el fondo, temía casarse con Belle. Santiago Velázquez, que nunca tenía miedo a nada, temía a Belle porque era la única mujer en el mundo que tenía poder sobre él.

Pensativo, subió a su habitación. Se detuvo frente a la puerta, recordando que había prometido subir para darle a Belle un beso de buenas noches.

Imaginó su precioso rostro, sus ojos castaños rodeados por largas pestañas, los sensuales labios, su suavidad, su dulzura.

Lo había odiado cuando se conocieron, y por buenas razones. Se había portado como un ogro con ella. No era solo un juego para él sino una técnica de supervivencia. Pero desde la noche que la sedujo había sabido que Belle, idealista, romántica y buena, podría ser peligrosa para él. Por eso se había marchado. Por eso no había devuelto sus llamadas.

Belle lo había odiado por ello, pero ya no lo odiaba. Algo había cambiado durante esas semanas en Nueva York. Había sido su anfitriona, había redecorado la casa, había viajado con él a España cuando debería haberle dado una bofetada por cancelar la boda para acudir al funeral de un extraño.

La imaginaba en la cama y anhelaba tocarla, abrazarla.

Santiago vaciló, mirando el oscuro pasillo. Anhelaba la emoción y el consuelo de sus caricias. Anhelaba ese cuerpo dulce y voluptuoso apretado contra el suyo, pero el precio que tendría que pagar por ello era demasiado alto.

Apretando los dientes, entró en su dormitorio y cerró firmemente la puerta tras él.

Dormiría solo.

Belle despertó sola en la pequeña habitación del torreón y se sentó torpemente en la cama. Santiago no había ido a verla por la noche.

Con el corazón encogido, y los músculos doloridos por culpa del horrible colchón, se dio una rápida ducha y se puso un vestido nuevo. Era precioso, pero el embarazo estaba tan avanzando que nada la hacía sentir atractiva.

Fue a buscar a Santiago, pero no estaba en su habitación, de modo que bajó al primer piso, sintiéndose perdida. Cuando por fin encontró el comedor, con una mesa larga y varios jarrones llenos de flores, Santiago dejó el periódico y se levantó para recibirla.

–Te eché de menos anoche –le dijo Belle en voz baja.

–Lo siento, estuve ocupado –murmuró él, besándola en la mejilla como si fuera un extraño.

–¿Has dormido bien, Belle? –le preguntó Nadia, tan sexy y chic con su perfecto traje de chaqueta negro, el pelo rubio sujeto en un moño–. Imagino que sí, por eso llegas tarde.

–Nadie me dijo a qué hora se servía el desayuno –protestó ella.

–Te esperábamos hace una hora.

El duque ni siquiera se molestó en mirar en su dirección mientras un criado empujaba la silla de ruedas para salir del comedor.

–¿Por qué nadie me dijo a qué hora debía despertarme?

–El desayuno se sirve a las ocho –dijo la rubia con falsa dulzura–. El ama de llaves te avisó, como a todo el mundo.

–Nadie me ha dicho nada...

–No te preocupes –la interrumpió Nadia–. Eres una invitada, así que puedes saltarte las reglas de la casa... por muchos problemas que causes a todo el mundo.

–Pero no era mi intención... –Belle se interrumpió cuando Santiago le dio un beso en la frente–. ¿Vas a algún sitio?

–Al bufete del abogado –respondió él–. Y luego a Madrid, para discutir la posibilidad de donar algunos de los cuadros de Hugo al Museo del Prado.

–Hugo era un gran amante del arte –intervino Nadia de nuevo, sus tacones de aguja repiqueteando sobre el suelo de mármol–. ¿Nos vamos?

«Oh, no, no». Belle miró de uno a otro.

–Iré con vosotros.

–Será muy aburrido.

–Da igual, quiero ir –insistió ella, apretando su mano.

–Como quieras.

–De verdad no es necesario que vengas –dijo Nadia, que parecía realmente molesta.

Y Belle se alegraba. Seguramente había sido ella quien ordenó que le diesen la habitación del torreón. Y, desde luego, parecía su intención hacerla quedar mal delante de todos, pero Belle no pensaba renunciar a Santiago sin pelear.

Por desgracia, tampoco Nadia estaba dispuesta a hacerlo. Una hora después, mientras Santiago y el duque hablaban con los abogados, las dos mujeres esperaban en una elegante sala, en silencio.

Sentada frente a la bellísima actriz, Belle intentaba disimular su nerviosismo leyendo una revista.

–Qué encantador –dijo Nadia entonces, mirando su anillo de pedida.

–¿El anillo? Sí, me encanta. La proposición fue muy romántica.

Era una exageración, pero no pensaba admitirlo delante de la estrella de cine.

–¿No me digas? Sé que es muy habitual reciclar en nuestros días, pero esto es llevarlo demasiado lejos, ¿no te parece?

–¿A qué te refieres? –preguntó Belle.

–¿Es que no lo sabías? –la rubia esbozó una malévola sonrisa–. Es el anillo con el que Santiago me propuso matrimonio hace años.

El corazón de Belle se encogió dentro de su pecho.

–No puede ser. Tienes que estar equivocada. Lo eligió especialmente para mí.

–¿No te lo ha contado? Ah, que malo es –la sonrisa de Nadia se había vuelto perversa–. Me lo pidió hace cinco años. Lamentablemente, había esperado demasiado y ya me había comprometido con su hermano, pero yo sé algo de diamantes y te aseguro que es el mismo anillo.

Belle apretó los labios, sintiéndose traicionada. Pero no iba a demostrarlo, no quería que Nadia viese que sus pullas habían dado en la diana.

–Aunque fuese el mismo anillo, la situación es completamente diferente. Yo nunca lo he traicionado.

–No, solo te has quedado embarazada.

–Mientras tú le diste esperanzas durante años y luego te casaste con su hermano.

Nadia esbozó una irónica sonrisa.

–Pero ya no estoy casada. Ahora soy libre.

Belle tragó saliva.

–Crees que puedes quitármelo.

La rubia inclinó a un lado la cabeza.

–Ah, veo que no eres tan tonta como pensaba.

Belle se puso colorada.

–No mereces ser la esposa de Santiago.

–Yo lo merezco más que tú.

–Yo le quiero.

–Te creo –dijo Nadia, fulminándola con sus famosos ojos de color violeta–. ¿Pero él te quiere a ti?

El rubor en las mejillas de Belle se intensificó.

Porque esa era la cuestión. Santiago no la quería. Nunca la había querido. Esa era la verdad que había intentado negarse a sí misma. Aunque una vez le había dicho que nunca la querría, había soñado que eso cambiase con el tiempo.

–Me ha propuesto matrimonio...

–También me lo propuso a mí, con ese mismo anillo

–la interrumpió Nadia–. Es curioso que lo haya guardado durante todos estos años, ¿no te parece?

–Fue él quien insistió en que nos casáramos cuando descubrió que estaba embarazada.

–Y el descubrimiento debió hacerle muy feliz ya que no se molestó en comprar otro anillo –replicó la actriz–. El anillo es mío, como su amor. Siempre ha sido así.

Belle no podía respirar. Su corazón parecía a punto de salirse de su pecho.

–Te equivocas...

–¿Tú crees? Santiago y yo hemos nacido para estar juntos. Somos iguales en todo.

–Pero tú lo rechazaste –le recordó Belle, con un nudo en la garganta.

–Tuve que ser implacable para conseguir lo que quería. Santiago lo entenderá y respetará mejor que nadie porque somos iguales –Nadia esbozó una sonrisa–. Me ha querido desde que éramos adolescentes. Está loco por mí y nuestro destino es estar juntos. Mi matrimonio con Hugo solo hizo que Santiago me desease más –añadió, mirando a Belle con desdén–. ¿De verdad crees que te elegiría a ti, ahora que soy libre?

No, no la elegiría a ella. Eso era lo que más le dolía.

–Hay dos formas de hacer esto –siguió Nadia–. O dejas a Santiago con alguna excusa o tendrás que ver cómo te lo quito.

–No puedes hacerlo...

–Si le quieres como dices, al menos déjalo pensando en ti con un poco de respeto.

El dolor era insoportable. Belle sintió una patada del bebé, como si también su hija estuviese furiosa, y se llevó las manos al abdomen.

–Es el padre de mi hija.

–Cuando nos hayamos casado yo le daré otro hijo

y se olvidará del tuyo –afirmó Nadia–. Santiago es un hombre honorable y se encargará de que no os falte de nada. No tendrás que volver a trabajar, así que puedes considerarte afortunada. Márchate de España, ve a buscar el amor que Santiago nunca podrá darte.

Belle estaba a punto de replicar cuando la puerta del despacho se abrió.

–Márchate cuanto antes y será mejor para todos. Especialmente para ti –susurró Nadia, dándole una palmadita en el hombro.

Después se levantó con una radiante sonrisa en los labios para saludar al duque y a Santiago, que empujaba la silla de ruedas de su padre.

–¿Habéis terminado? Porque nos esperan en el museo. A los hombres os gusta tanto hablar y hablar...

Belle se levantó también. Nadie estaba prestándole atención. Los tres hablaban en español mientras salían del bufete, como si ella no estuviera allí.

Una vez en el coche, Santiago la miró con curiosidad mientras se dirigían a Madrid, pero Belle estaba perdida en sus pensamientos.

«Me ha querido desde que éramos adolescentes. Está loco por mí y nuestro destino es estar juntos».

Belle intentaba contener las lágrimas mientras miraba por la ventanilla. Había conocido a Santiago un año antes y él nunca la había amado. ¿Y qué tenían en común, cuando ella apenas conocía el nombre de sus abuelos y Santiago provenía de una familia aristocrática?

«Yo le daré otro hijo y se olvidará del tuyo».

Belle sabía que Santiago quería darle a su hija una infancia mejor que la que él había tenido. No se echaría atrás en su promesa de casarse con ella.

¿Pero debía dejar que cumpliera su palabra, atrapándolos a los dos para siempre en un matrimonio sin amor?

Capítulo 10

SANTIAGO miró al duque mientras recorrían las calles de Madrid en el Rolls Royce. Su padre le había dado las gracias por ayudarlo a resolver unos asuntos legales en el bufete...

Su padre. Era extraño pensar en aquel hombre de ese modo. Pero, por primera vez en su vida, tenía un padre de carne y hueso.

El anciano no era afectuoso o amable siquiera. Era arrogante y soberbio, y parecía pensar que podía darle órdenes usando su herencia como cebo. Como la ridícula exigencia de que rompiese su compromiso con Belle...

Ella iba a su lado, mordiéndose los labios mientras miraba por la ventanilla. Había ido extrañamente callada durante todo el viaje. Y ella no era así. Normalmente no esperaba un segundo para decir lo que pensaba, particularmente cuando quería insultarlo.

No, pensó Santiago entonces. Eso ya no era cierto. Belle lo trataba con simpatía, con cariño. ¿Con amor?

Sin querer, su pie rozó el elegante zapato de tacón frente a él. Santiago levantó la mirada para disculparse y Nadia pestañeó coquetamente, sonriendo.

Al parecer, su padre no era el único que creía tener poder sobre él. Era increíble. ¿Cómo podía Nadia no darse cuenta de que solo sentía desprecio por ella?

Tanto el duque como ella estaban intentando comprarlo. Le habían ofrecido un ducado como premio y pensaban que usando palabras como «honor» y «destino» él estaría agradecido. Creían que seguía siendo el pobre niño huérfano, que solo tenían que acogerlo en la familia y Santiago, un multimillonario hecho a sí mismo, de inmediato se volvería un obediente hijo para el padre que lo había abandonado, un marido agradecido para la mujer que lo había traicionado.

Pero él no era el peón de nadie.

Belle seguía mirando por la ventanilla como si le fuera la vida en ello. Agradecía que no supiera lo que su padre le había propuesto porque no quería hacerle daño. Cuando miró sus rosados labios, su abdomen hinchado... se le encogió el corazón.

Belle no se parecía a ninguna otra mujer. Su lealtad, su valor y su sinceridad inspiraban respeto. Y no solo eso. Lo atraía, quería que lo amase.

Quería amarla.

Su corazón se volvió loco en ese momento.

No.

No podía ser tan tonto.

Nadie podía ser tan sincero, leal o generoso y si la dejaba entrar en su corazón lo lamentaría.

Cuando llegaron al famoso museo de arte en el centro de Madrid, Belle bajó del coche a toda prisa, como si temiera que le ofreciese su mano para salir.

Al menos estaban de acuerdo en algo, pensó con tristeza. Querían evitarse el uno al otro.

Estaban frente a una de las entradas laterales del museo, lejos de las colas de turistas. Mientras Santiago empujaba la silla de ruedas, Nadia caminaba al lado del duque, charlando en español. Belle, en cambio, caminaba silenciosamente tras ellos, con los guardaespaldas y el enfermero de su padre, como si no le gustase la compañía de los aristócratas.

Y seguramente así era.

Un empleado los llevó a la oficina, donde les ofrecieron una copa de champán, y Belle se quedó un poco aparte, con gesto serio.

Convertirse en una duquesa española exigiría muchos cambios. También los habría para él, pero al menos hablaba español, al menos tenía sangre española.

Belle tendría que controlar su sincera y vehemente naturaleza para mostrarse serena y distante. Tendría que aprender cuándo debía sonreír amablemente y cuándo utilizar el tono seco de la alta sociedad europea, un mundo hecho no solo de dinero sino de cientos de años de historia, educación y posición.

Santiago sabía que podría conquistar ese mundo porque llevaba veinte años luchando con los empresarios más importantes del planeta. Sabía cómo presentar batalla y tenía las armas afiladas.

Belle era diferente. Apenas toleraba la ciudad de Nueva York y sospechaba que sería más feliz atendiendo su jardín, haciendo galletas para sus hijos o cuidando de sus vecinos. Sería feliz en una cálida y acogedora casa, con un hombre que la apreciase cada día y que estuviera dispuesto a sentarse en el suelo para jugar con su hija.

Belle no quería casarse con un poderoso multimillonario, un playboy o un famoso duque. Lo que de verdad anhelaba, lo que necesitaba, era un hombre que la quisiera de verdad.

Recordó entonces las palabras de su padre:

«¿De verdad crees que sería feliz aquí, en mi mundo? Sería muy cruel para ella y para el hijo que espera. Déjala ir».

Belle subió pesadamente las interminables escaleras hasta el torreón y luego cayó agotada en la diminuta cama.

Después de aquel día, viendo a Santiago, Nadia y el duque de Sangovia charlando en español mientras ella era ignorada, se sentía exhausta y triste como nunca.

Los tres se habían quedado en el salón tomando una copa, pero ella necesitaba descansar y se quedó dormida en cuanto puso la cabeza en la almohada.

Cuando despertó, con la habitación en penumbra, vio el rostro de Santiago sobre ella.

–¿Esta es tu habitación?

Belle dio un respingo.

–¿Qué haces aquí? ¿Qué ocurre?

–He venido a buscarte para cenar. Nadia nunca envía a nadie para informarte, ¿verdad?

–No –respondió Belle–. Te quiere solo para ella.

–¿Lo sabes?

–Pues claro que lo sé, pero no puede tenerte –Belle puso una mano en su mejilla. De repente se sentía valiente. Tal vez era el momento de intimidad, tal vez que unos segundos antes había estado soñando con él–. Porque te quiero, Santiago.

Temblaba después de admitirlo y no podía mirarlo a los ojos, de modo que buscó sus labios. Era la primera vez que ella iniciaba un beso y lo abrazó con toda la rabia que guardaba, con todo su amor desesperado.

Y en la diminuta cama escondida en el torreón ocurrió un milagro: Santiago la besó con la misma desesperación. La abrazaba como un hombre que estuviera ahogándose, como si ella fuera la única posibilidad de salvarse. Belle se apartó un momento para mirarlo a los ojos.

–Te quiero –repitió–. ¿Tú podrás amarme algún día?

Pero Santiago estaba extrañamente serio.

–Nunca te he pedido amor, Belle. Nunca lo he querido.

Ella contuvo el aliento, aniquilada de dolor. ¿Cómo podía besarla tan desesperadamente para luego mostrarse tan frío?

Entonces lo entendió todo.

La frialdad, la distancia. Todo había empezado unas semanas antes.

Santiago debía haberse percatado de que estaba enamorándose de él, probablemente incluso antes que ella, y había empezado a mostrarse frío. Lamentaba haberle pedido en matrimonio y, por eso, cuando descubrió que su hermano había muerto, había parecido casi aliviado de tener una excusa para cancelar la boda.

No quería su amor.

–Dijiste desde el principio que no podrías amarme –musitó Belle–. Pero yo me enamoré de ti de todas formas. Me enamoré del hombre que eres y del hombre que podías ser. No pude evitarlo...

Santiago apretó sus hombros.

–Deja de decir eso. Hablaremos después. Ahora debemos bajar a cenar, están esperándonos.

No la miraba mientras bajaban las interminables escaleras hasta el primer piso.

Belle tenía un nudo en la garganta cuando llegaron al salón, lleno de cuadros que parecían tener cientos de años. En el centro de la habitación había una larga mesa a la que podrían sentarse cincuenta personas, pero esa noche solo había dos: el anciano duque que, como siempre, no se dignó a mirarla y Nadia que, como siempre también, estaba perversamente sexy y preciosa.

Tras ella vio el retrato de una mujer bellísima, con una mantilla negra, ojos expresivos y una sonrisa tan cínica como la de Nadia.

¿Quién era la consorte perfecta para Santiago? ¿Ella, una típica chica de Texas o Nadia Cruz, una estrella internacional, conocida como la mujer más bella del mundo? Nadia, que sabía sonreír dulcemente mientras te cortaba el cuello, era la mujer a la que Santiago había amado durante años...

–¿Tarde otra vez? –se burló la actriz–. Cielo, tú no pareces la clase de chica que llega tarde a comer.

Belle iba a decir algo, pero para su sorpresa Santiago se adelantó:

–Gracias a ti.

Nadia inclinó a un lado la cabeza con gesto inocente.

–No sé a qué te refieres.

–Sabes muy bien a qué me refiero. Has hecho todo lo posible para sabotear su estancia aquí... deja de hacerlo –le advirtió Santiago con tono seco.

Un momento después, Belle cenaba sin ningún apetito y bebía agua mientras los demás bebían vino y charlaban en español. Le acababa de decir a su futuro marido que lo amaba y no había pasado nada. ¿No decían que el valor siempre era recompensado?

Pero no creía que así fuera.

Comió en silencio, pero cuando se levantó para escapar de allí, Santiago la detuvo con una mirada y tres sencillas palabras:

–Tenemos que hablar.

Y, de repente, Belle tuvo miedo.

La llevó al jardín morisco tras el patio del castillo y allí, bajo la luz de la luna, le pareció tan imponente como un fiero rey medieval.

–Retira tus palabras.

–¿Qué?

–Retira lo que has dicho antes en la habitación.

–No puedo –dijo ella, sintiendo que estaba a punto de desmayarse.

Santiago frunció el ceño.

–Ni siquiera te gusta este sitio.

–Porque no es mi sitio, pero tampoco es el tuyo.

–Quiero que vuelvas a Nueva York.

–¿Tú te quedas?

–Sí.

Belle tuvo que contener una risa amarga.

–Muy bien, de acuerdo. Siempre fui el segundo plato. Nunca has querido casarte conmigo, solo querías portarte como un hombre responsable.

–Sigo queriendo hacerlo, pero te dije desde el principio que el amor no debía ser parte de ese acuerdo.

Lo había estropeado todo con su sinceridad. Santiago había tomado la decisión de romper el compromiso porque le había confesado su amor.

–Lo siento –dijo en voz baja.

De repente, también ella quería que todo terminase lo antes posible y se quitó el anillo del dedo, temiendo tocarlo, temiendo que si lo hacía se abrazaría a él y le suplicaría que no la dejase ir.

–Toma, es tuyo.

Santiago miró el anillo, pero no lo tomó. ¿Por qué quería hacerla sufrir? ¿Por qué no guardaba el anillo y acababan de una vez? Suspirando, ella misma lo guardó en el bolsillo de su chaqueta.

–En realidad, nunca ha sido mío. Lo compraste para ella.

–¿Te lo ha contado?

–Por supuesto. Cada vez que oigo el repiqueteo de sus tacones me siento como un nadador viendo la aleta de un tiburón en el agua –intentó bromear Belle–. Pero Nadia es como tú. La conoces de toda la vida y entiendo que estés enamorado de ella.

–¿Enamorado? –repitió él, haciendo un gesto de sorpresa–. No digas tonterías. Es la viuda de mi hermano, nada más.

¿Por qué intentaba negar lo que era evidente?

–Y ahora es libre. La única mujer a la que has amado nunca, la mujer por la que hubieras matado dragones, como un caballero andante –Belle levantó la mirada–. Y ahora seréis el duque y la duquesa de Sangovia y viviréis en un castillo en España –añadió, mirando el castillo iluminado por la luna–. Yo sé bien que no soy un trofeo para ningún hombre.

Santiago alargó una mano para tocar su cara.

–Es mejor para ti, Belle. Yo no puedo darte el amor que mereces, pero ahora tendrás la posibilidad de ser feliz.

–¿Y nuestra hija?

–Haremos lo que tú sugeriste en Texas, compartiremos la custodia. Nunca os faltará nada. Siempre tendrás más dinero del que puedas gastar. Te compraré una casa en Nueva York, la que más te guste, donde tú quieras.

Belle tenía un nudo en la garganta.

–Solo quiero una casa –susurró–. Nuestra casa. La que he decorado, la que tiene una habitación pintada de rosa para nuestra hija. Con Anna, con Dinah. Nuestra casa, Santiago.

–Lo siento –dijo él.

Cuando se fuera, pensó Belle, todos sus sueños infantiles podrían hacerse realidad. Sería un Zoya, tendría un padre y una posición como heredero. Y a la mujer a la que siempre había amado.

La vida era corta y el amor era lo único que importaba.

Tenía que aceptarlo. Dejarlo ir y liberarse a sí misma también.

Desolada, Belle levantó la mirada y se obligó a pronunciar unas palabras que le rompían el corazón:

–Entonces me iré mañana.

–Esta noche sería mejor. Llamaré a mi piloto para decirle que prepare el avión.

Su tono era tan seco, tan frío. Como si no le importase en absoluto. Mientras ella sufría una agonía.

–¿Tanta prisa tienes por librarte de mí?

–Una vez tomada la decisión, es mejor hacerlo cuanto antes. Tú mereces un hombre mejor que yo, un hombre que pueda amarte.

–Tú podrías ser ese hombre –susurró ella, con los ojos empañados–. Sé que podrías serlo.

Vio un brillo de emoción en sus ojos, pero Santiago apartó la mirada.

–Esto es lo mejor para los dos, Belle.

Era un final muy civilizado para su compromiso. Los dos seguirían adelante con sus vidas y le dirían a sus amigos que la separación había sido de mutuo acuerdo.

Pero Belle no podía marcharse en silencio, dignamente. Su corazón se rebelaba.

–Sé que no puedo competir con Nadia –empezó a decir–. No soy bellísima como ella, no puedo ofrecerte el ducado que has anhelado toda tu vida. Pero hay una cosa que yo puedo darte mejor que nadie, mi amor. Un amor que durará el resto de nuestras vidas –lo miró, con los ojos llenos de lágrimas–. Elígeme a mí, Santiago –susurró–. Quiéreme.

Sentía como si fuera a desmayarse. La imagen del castillo empezó a dar vueltas y tuvo que hacer un esfuerzo para mantenerse en pie.

Pero Santiago la miraba con expresión firme.

–Por eso tenemos que separarnos, Belle. Me importas demasiado como para dejar que desperdicies tu vida y tu alegría conmigo.

La efímera esperanza que había en su corazón murió de repente.

–Muy bien –musitó, sintiendo como si hubiera envejecido cincuenta años–. Voy a hacer el equipaje.

–A menos que...

–¿Qué?

–Dime que estabas mintiendo, que no me quieres. Si no me pides más de lo que yo puedo darte aún podríamos casarnos como habíamos planeado.

¿Estaba dispuesto a casarse con ella?

Por un momento, volvió a hacerse ilusiones. Pero no podía ser.

Siete años antes, Justin había exigido que se hiciera una operación para evitar el embarazo; una exigencia monstruosa cuando ella solo tenía veintiún años y era virgen. Belle se había engañado a sí misma pensando que ese sacrificio era el precio de su amor por él.

Había sido una tonta, pero no pensaba volver a cometer ese error.

–No –dijo en voz baja.

Santiago la miró con gesto incrédulo.

–¿No?

–Puede que yo no sea una estrella de cine y que no tenga una fortuna, pero también valgo algo. Necesito que me quieran y lo conseguiré algún día –Belle intentó sonreír–. Me hubiera gustado que fueras tú, pero...

–Belle...

De repente, sintió un agudo dolor en el abdomen. Aún faltaban semanas para la fecha del parto, de modo que no podían ser contracciones. No, era su cuerpo reaccionando a un corazón roto.

–Siempre te querré, Santiago –susurró, mientras tomaba su cara entre las manos por última vez–. Y creo que podríamos haber sido felices juntos. Felices de verdad.

Poniéndose de puntillas, lo besó con toda su alma, con toda su ternura, con todo su amor, sabiendo que guardaría ese recuerdo para siempre en el corazón.

Luego, sintiendo un dolor desesperado, se apartó por fin.

–Adiós, Santiago.

Se dirigió al castillo cegada por las lágrimas, subió a su habitación e hizo la maleta a toda prisa, dejando allí los caros vestidos. No los quería. Cuando bajó de nuevo, la limusina estaba esperando en el patio.

–Yo llevaré sus maletas, señorita –dijo el conductor.

Belle subió al coche y miró el castillo por última vez. Vio a Santiago en la ventana de la biblioteca; el futuro duque de Sangovia, el futuro marido de la marquesa, el multimillonario hecho a sí mismo... el hombre más apuesto del mundo, mirándola con unos ojos fríos, muertos.

Y luego, como si fuera un sueño, desapareció.

Capítulo 11

SANTIAGO estaba frente a la ventana de la biblioteca, con el corazón encogido mientras la limusina desaparecía por el camino. Dejarla ir era lo más difícil que había hecho en toda su vida...

–Vaya, por fin se ha ido. Menos mal.

Santiago se volvió para fulminar a Nadia con la mirada. Ella sonreía frente a la chimenea. Parecía una mimada gata persa, pensó, irritado.

–Has hecho todo lo posible para que así fuera, ¿no? Ponerla en la habitación del torreón, hacerla quedar mal delante de los empleados, decirle que el anillo lo había comprado para ti...

–Este no era su sitio –lo interrumpió Nadia–. Es mejor que se haya ido.

Sí, pensó Santiago. Sería lo mejor, por eso la había dejado ir. No quería ser amado por ella y Belle se negaba a casarse sin amor.

Belle merecía ser feliz. Merecía ser amada.

La verdad era que no sabía por qué lo amaba. La había chantajeado y, sin embargo, no solo había vuelto con él a Nueva York sino que había hecho todo lo posible por encajar en su mundo. Porque él se lo había pedido.

Había redecorado la casa, convirtiéndola en un sitio acogedor. Había reorganizado el personal desde que despidió al arrogante mayordomo, había sido increíblemente comprensiva cuando canceló la boda unas horas antes de la ceremonia. Incluso había insistido en ir a España con él.

«No puedo dejar que lo hagas solo», le había dicho.

Pero estaba solo en aquel sitio helado.

–Era muy desagradable tenerla siempre por aquí –dijo Nadia, desdeñosa–. Tu padre me ha enviado a buscarte, por cierto. Quiere saber cuándo podrás hacerte cargo de los intereses de la familia. Aunque tú lo harás mejor que Hugo, eso seguro.

Santiago la miró con gesto serio.

–¿Amabas a mi hermano?

Ella parpadeó, sorprendida.

–¿Amarlo? –repitió, haciendo una mueca–. Hugo estaba siempre borracho o buscando un revolcón con cualquiera. ¿Sabes que murió de un infarto?

–Sí.

–Estaba borracho y chocó contra un colegio. Por suerte era de noche o podría haber matado a un montón de niños. Imagina lo horrible que hubiera sido eso para la reputación de la familia –Nadia suspiró–. Pero él quería una mujer famosa y bella y yo quería un título. Nuestro matrimonio era un acuerdo para promover una marca –añadió, encogiéndose de hombros–. Éramos compañeros, pero intentábamos no pasar demasiado tiempo juntos.

«Compañeros», pensó Santiago. Lo que él le había sugerido a Belle. Como si eso pudiera ser remotamente atractivo para una mujer que era todo corazón. Como si Belle hubiera podido aceptar una barata imitación de la relación más importante de una persona adulta.

«Te quiero», había susurrado en la habitación del torreón. «¿Tu podrás amarme algún día?».

Y él, que no temía a nada, había tenido miedo.

Se alegraba de que Belle se hubiera ido para no tener que ver esos ojazos que se clavaban en su corazón...

–El duque quiere una reunión sobre la fusión de Cebela.

–Ya, claro –murmuró, siguiendo a Nadia hasta el estudio. Estaba como aturdido y le gustaba. Así todo era más fácil. Más seguro.

Pero esa noche dio vueltas y vueltas en la cama, imaginando a Belle viajando sola sobre el oscuro océano. ¿Y si tenían un accidente? La fecha del parto estaba tan cerca... ¿y si se ponía de parto en el avión? ¿Por qué no había enviado un médico con ella?

Porque necesitaba que se fuera lo antes posible.

Estaba desesperado por alejarla de él.

«Te quiero». «¿Tú podrás amarme algún día?».

Cuando por fin se levantó, al amanecer, se sentía agotado y enfermo. Era medianoche en Nueva York, pero llamó al piloto y el hombre le dijo que habían llegado sin problemas.

Belle estaba bien.

Decidido a seguir aturdido, bajó al comedor a desayunar y leyó los periódicos, como hacían Nadia y su padre. Tres personas en silencio, leyendo periódicos frente a una elegante mesa llena de flores, el único sonido el de las tazas al golpear los platos de porcelana.

Siguió aturdido durante el resto del día, mientras hablaba con los abogados de su padre, durante el almuerzo y durante una larga conferencia con una firma japonesa que tenía intención de comprar.

No llamó a Belle e intentó no pensar en ella. No quería pensar en nada que no fueran sus negocios. Se sentía absolutamente solo. No, qué tontería, no sentía nada en absoluto.

Y eso era lo que quería.

Durante la cena miraba la copa de vino tinto. Rojo, como la sangre, que ya no sentía latiendo en su corazón.

–Has hecho lo que debías –dijo el duque. Y luego empezó a hablar sobre una posible adquisición–. Pero esos tipejos egoístas se niegan a vender. ¿Es que no saben cuál es su sitio? Han rechazado mi generosa oferta, así que nos haremos con la empresa. Enviaremos una carta diciendo que ya tenemos la tecnología. Comprueba el estatus de las patentes, Santiago. Podemos arruinarlos y luego quedarnos con la empresa por casi nada.

–Muy astuto –comentó Nadia con tono de aprobación.

Él miraba su plato de porcelana con un filo de oro de veinticuatro quilates. Y el cuchillo de plata a su lado. Solo podía pensar en Belle, que había intentado salvarlo de la fría realidad de su mundo. De la fría y horrible realidad de lo que sería su vida a partir de ese momento y para siempre.

Belle había intentado ser su rayo de sol, su calor, su luz. Lo había amado. Y, por eso, se había despedido de ella para siempre. De ella y de su hija.

–Estás muy callado, hijo.

–No tengo hambre. Disculpad –murmuró Santiago, levantándose.

Se apoyó en la pared de un oscuro pasillo y tomó aire, intentando contener la angustia que encogía su corazón.

Su padre pensaba dar una conferencia de prensa al día siguiente para anunciar que Santiago tomaría el apellido Zoya. El duque también pensaba anunciar que iba a reconocerlo como heredero del ducado.

Sería el heredero legítimo como había soñado durante toda su vida. Estaba a punto de tener todo lo que quería.

Y nunca se había sentido más desolado.

Si cerraba los ojos casi podía oler la fragancia de Belle: una mezcla de mandarina, jabón y sol. Y necesitaba saber que estaba bien, de modo que sacó el móvil y marcó el número de la cocina de la casa.

La señora Green respondió.

–Residencia de Santiago Velázquez.

–Hola, señora Green. Quería sabe si mi mujer... –Santiago recordó entonces que Belle no era su mujer, ni siquiera su prometida. Y no volvería a serlo nunca–. No hace falta que moleste a Belle. Solo quería saber si se encuentra bien.

Al otro lado hubo una larga pausa. Después, la voz de la señora Green sonaba entre sorprendida y triste:

–Señor Velázquez... pensé que lo sabía.

–¿Saber qué?

–La señorita Langtry está en el hospital. Se ha puesto de parto.

Santiago apretó el teléfono contra su oreja.

–Pero no puede ser. Es demasiado pronto...

–Los médicos están preocupados. ¿No le ha llamado?

No, claro que no le había llamado. ¿Por qué iba a hacerlo cuando había dejado claro que no quería saber nada de ella ni de su hija?

–Gracias, señora Green –dijo antes de cortar la comunicación. Se sentía mareado, enfermo.

–¿Ocurre algo?

Nadia había aparecido en el pasillo y no le gustaba que estuviese tan cerca, bloqueando la fragancia de Belle con su exótico perfume.

–Sí, ocurre algo.

–¿Malas noticias?

–Belle está en el hospital. El parto se ha adelantado.

Nadia se encogió de hombros.

–Si todo va bien estarás enganchado a ella durante los próximos dieciocho años. Pero, con un poco de suerte, el parto irá mal y... ¡para, me estás haciendo daño! –gritó de repente.

Sin darse cuenta, Santiago la había agarrado por el hombro con tal furia que estaba haciéndole daño. La soltó inmediatamente, como si hubiera tocado algo repugnante.

–Eres una serpiente.

–Los dos lo somos –replicó ella, frotándose el hombro–. Por eso somos perfectos el uno para el otro.

Santiago apretó los dientes.

–Mi hermano acaba de morir...

–Era a ti a quien quería, Santiago.

–Tenías una extraña forma de demostrarlo.

Nadia volvió a encogerse de hombros, segura de su encanto.

–Tenía que ser práctica, querido. Entonces no sabía que te harías multimillonario. ¿Y qué puedo decir? Quería ser una duquesa.

Santiago torció el gesto.

–Me asqueas.

–¿Entonces por qué le pediste a esa chica que se fuera? Espera, ya lo sé –Nadia esbozó una sonrisa irónica–. La quieres. Lo vuestro es dulce, verdadero y tierno amor.

–No es verdad –dijo él.

–La quieres –repitió Nadia–. Y a su hija también. Querías matarme ahora por decir lo que he dicho. Las quieres a las dos.

¿Amar a Belle? No, eso era imposible.

La había dejado ir porque era lo mejor para ella,

nada más. Porque merecía ser feliz. Y porque su familia lo necesitaba en España.

Pero entonces se dio cuenta de que esa no era la única razón.

Durante meses había luchado contra sus sentimientos por Belle. Desde que era un niño, cada vez que quería a alguien, ese alguien lo apuñalaba por la espalda y había jurado no volver a cometer ese error.

Pero ella le importaba demasiado. Incluso había empezado a pensar que la felicidad de Belle era más imprescindible que la suya propia.

No le había pedido que se fuera para estar con su familia sino porque estaba huyendo de ella.

Belle era su auténtica familia. Belle y la niña.

Y eso lo aterrorizaba.

La había dejado ir porque tenía miedo de ser vulnerable. Temía en quién podía convertirse si dejaba que lo amase.

Si la amaba.

–Entonces es verdad –dijo Nadia, con un brillo de ira en sus ojos de color violeta–. ¿Has elegido a esa ratita por encima de mí?

Santiago pensó en las muchas cualidades de Belle, su sinceridad, su amabilidad, su generosidad. Pensó en sus luminosos ojos y en sus temblorosos labios mientras susurraba:

«Solo hay una cosa que yo puedo darte mejor que nadie, mi amor».

Por primera vez tenía que reconocer la verdad.

Cuando era niño soñaba con ser querido por su padre, que era rico y poderoso. Había pensado que si conseguía que el duque lo llamase «hijo» sería feliz.

De joven había soñado con ser amado por Nadia, con su fría belleza y su falta de compasión. Había pensado que sería feliz si podía conseguirla. Como un trofeo.

Pero aquel día, a los treinta y cinco años, entendía que la felicidad no tenía nada que ver con eso. Ni con el dinero, ni con el poder, ni con la belleza física. Nada de eso duraba.

El amor verdadero sí.

El amor eran la lealtad y la devoción de una mujer buena y sincera. Una mujer que te hiciese reír, que te apoyase siempre, que te protegiera y te quisiera en los buenos y en los malos tiempos. Una mujer que cuidase de tus hijos, que fuese el corazón de tu casa. El corazón de tu corazón.

Solo había una forma de ser feliz: entregárselo todo como había hecho ella.

Tenía que estar dispuesto a morir por ella. Y más importante, a vivir por ella.

«Elígeme a mí». «Quiéreme».

Eso era lo que significaba el amor. Lo que significaba la familia. No era exigir que alguien hiciera sacrificios, ni ignorar a alguien hasta que encontrabas un uso para ellos, como había hecho su padre. No significaba abandonarlos cuando recibías una oferta mejor, como Nadia había hecho.

El amor era aceptación, protección. Era lealtad en los buenos y en los malos tiempos.

«Un amor que durará el resto de mi vida».

Santiago contuvo el aliento. Belle era su única familia. Era su amor.

Y en ese momento estaba en Nueva York, de parto. Completamente sola.

Sacó la cartera del bolsillo y buscó algo con ansiedad. Sí, tenía su pasaporte.

–Tengo que irme.

–¿Dónde vas? –preguntó Nadia sorprendida–. ¿Y la conferencia de prensa de mañana?

–Dile a mi padre que yo no estaré aquí.

–¿Te marchas?

Santiago miró a Nadia por última vez.

–Lo siento, pero no me importáis ni tú ni él. Sé sincera, Nadia. Nunca os he importado un bledo. Me habéis ignorado hasta que, por fin, habéis encontrado la forma de utilizarme.

–Pero tú eres el heredero –insistió ella–. Se supone que debes hacerme duquesa.

Santiago soltó una carcajada de incredulidad.

–Dile a mi padre que si quiere un heredero tendrá que casarse contigo.

Después de eso, Santiago salió del castillo de Sangovia para siempre.

Los sueños infantiles habían terminado. Solo había un sueño para él y era un sueño por el que arriesgaría todo lo que tenía.

–Solo un poco más... –insistía su amiga Letty.

Belle jadeaba, agotada y dolorida cuando por fin terminó la contracción. Quería ser valiente y le había dicho a los médicos que no necesitaba anestesia epidural. Era una decisión que lamentaba amargamente en ese momento.

Llevaba varias horas soportando contracciones y aún no era el momento de empujar. Su hija, después de exigir nacer antes de la fecha prevista, de repente quería tomarse su tiempo.

–Lo estás haciendo muy bien –dijo Letty, soltando su mano y haciendo una mueca de dolor mientras le ofrecía un vasito con hielos.

Belle chupó el hielo, sedienta y exhausta, sabiendo que la próxima contracción tardaría poco en llegar.

–Gracias por estar conmigo. Espero no haberte roto la mano.

–No, estoy bien –dijo su amiga–. Esto no es nada comparado con lo que me va a doler la próxima vez que vea la cara de Santiago. Después de lo que te ha hecho ese canalla...

–No hables así de él –la interrumpió Belle–. Santiago no quería hacerme daño... no podía amarme, así que me dejó ir.

Las dos giraron la cabeza al oír un estruendo en el pasillo.

–Ve a ver lo que pasa –dijo Belle.

–No pienso dejarte sola –protestó Letty.

–Cualquier distracción... es mejor que esto.

Por fin, a regañadientes, su amiga salió de la habitación.

Y entonces oyó gritos. Parecía como si la tercera guerra mundial hubiera estallado en el pasillo del hospital.

La puerta se abrió en ese momento y Belle se encontró con la última persona a la que hubiera esperado ver. Santiago, tan alto, tan guapo, sus ojos oscuros más brillantes que nunca.

¿Estaba soñando? ¿Había muerto?

Cuando empezó la nueva contracción alargó una mano hacia él y, en un segundo, Santiago estaba a su lado. Aunque el dolor era peor que nunca, de repente Belle se sentía más fuerte, más valiente, y sabía que podría soportarlo. Además, podía apretar su mano todo lo que quisiera y no le haría daño. No tenía que contenerse... y no lo hizo.

Cuando por fin termino la contracción, él tenía lágrimas en los ojos.

–¿Te he hecho daño? –preguntó Belle, asustada.

–¿A mí? –Santiago se miró la mano, sorprendido–. No, no, estoy bien.

–¿Entonces por qué...?

–Perdóname –dijo él entonces.

Y de repente, ante sus sorprendidos ojos, Santiago Velázquez clavó una rodilla en el suelo.

–He sido un cobarde –susurró–. Me daba miedo admitir lo que había en mi corazón. Pensé que si te dejaba ir estaría a salvo el resto de mi vida, pero no puedo hacerlo. No quiero hacerlo.

–¿Qué estás diciendo?

–Que tú eres todo lo bueno de este mundo, todo lo que pensaba que no merecía. Te necesito, Belle –Santiago tomó aire–. Te quiero.

Ella lo miraba, incrédula.

–Pensé que solo podías amar a Nadia.

–¿A Nadia? –Santiago hizo una mueca–. Ella solo era un trofeo, como un cuadro o un rancho. Tú no eres el trofeo de ningún hombre, Belle.

–No, no lo soy. Es verdad.

–No eres ningún trofeo porque eres mucho más que eso. Eres mi compañera, mi otra mitad. Mi amor. Y si aún me quieres... mi mujer.

–Pero tú...

Belle no pudo terminar la frase porque empezó otra contracción y tuvo que agarrar su mano desesperadamente. Durante lo que le parecieron horas, Santiago le habló en voz baja, tranquilizándola, dándole fuerzas, ayudándola a soportar el dolor. Cuando la contracción por fin terminó, una enfermera entró en la habitación, metió una mano bajo la sábana y luego asintió con la cabeza.

–Voy a buscar al médico.

Belle y Santiago se quedaron solos de nuevo.

–Gracias por estar aquí para nuestra hija –susurró Belle.

–¿Solo por nuestra hija? Es demasiado tarde, ¿verdad? Te he hecho demasiado daño y no puedes perdonarme...

–¿De verdad me quieres, Santiago? –lo interrumpió ella.

Un brillo de esperanza iluminó sus ojos.

–Con todo lo que tengo, con todo lo que soy. Te quiero –inclinándose hacia delante, Santiago besó su frente–. Quiéreme –susurró–. Perdóname. Cásate conmigo.

Belle se preguntó si estaría soñando. Y luego decidió que le daba igual.

–Sí.

–¿Te casarás conmigo?

Belle asintió con la cabeza. Un hombre de traje oscuro entró entonces en la habitación, seguido de Letty, que llevaba una bolsa en la mano.

–Es John Álvarez, el sacerdote del hospital –dijo Santiago–. Va a casarnos ahora mismo.

–¿Ahora mismo? –repitió ella, incrédula.

–¿Por qué no? ¿Estás ocupada? –bromeó él.

–Pero... ¿pero qué pasa con la gran boda que tú querías?

–No quiero vivir ni un segundo más sin que seas mi mujer –Santiago tomó su cara entre las manos–. Te quiero, Belle.

–Yo también te quiero –susurró ella, con lágrimas en los ojos. Tiró de él para besarlo, riendo de felicidad, pero entonces sintió una nueva contracción–. Y será mejor que lo hagamos cuanto antes.

Y así, con las sencillas alianzas de oro que Letty había comprado en la tienda del hospital, fueron declarados marido y mujer. Justo a tiempo.

–Los que no sean de la familia, fuera –ordenó la enfermera, empujando al sacerdote y a Letty. En ese momento, el médico entró en la habitación.

–Muy bien, Belle. ¿Lista para empujar?

Cuarenta y cinco minutos después, Emma Jamie Velázquez, llamada así por su abuela y su abuelo maternos, llegó a este mundo. Mientras Belle miraba a su marido... ¡su marido! abrazar tiernamente a su hija, que había pesado tres kilos cuatrocientos gramos, se sentía abrumada de felicidad.

–Alguien quiere conocerte –dijo Santiago, poniendo a la recién nacida en sus brazos.

Cuando miró a su preciosa hija, el milagro que una vez había temido no disfrutar nunca, Belle no se molestó en esconder las lágrimas.

–Es tan preciosa.

–Como su madre –dijo Santiago, inclinándose para besar su frente con infinita ternura–. Te quiero, señora Velázquez.

Ella contuvo el aliento al escuchar ese nombre por primera vez.

Letty entró en la habitación poco después y se volvió hacia Santiago con gesto de disculpa.

–Me perdonas por haberte dado una bofetada antes, ¿verdad? Ahora me siento mal.

–Me la merecía –dijo él, tocándose la mejilla–. Gracias por ayudarme con las alianzas.

–De nada. Por cierto, tortolitos, hay una parte de la ceremonia que el sacerdote tuvo que cortar cuando lo echaron de la habitación –Letty miró de uno a otro–. Ahora puedes besar a la novia.

Santiago miró a Belle con un brillo de ilusión en los ojos.

–El final perfecto para un día perfecto.

Belle sonrió, entre lágrimas.

Una vez había pensado que la oportunidad de amar y ser feliz era un tren que ya había pasado para ella. Había pensado que su decisión de cuidar de sus hermanos, de sacrificar sus sueños por los de otros, significaba que no habría un futuro feliz para ella.

Pero se daba cuenta de que la vida no era así.

Cada día podía ser un milagro. Y aquel día, el primer día de su matrimonio, el primer día de la vida de su hija, supo que no era el final de nada. Cuando su marido inclinó la cabeza para besarla, haciéndole una promesa privada que duraría el resto de su vida, supo que solo era el principio.

La apresurada boda, unos minutos antes de que naciese su hija, era algo que sus dos mejores amigos no iban a dejar que olvidase.

–Dijiste que nunca celebrarías una boda cursi –le recordó Darius Kyrillos, que se había casado en el Juzgado.

–Según tú, no te casarías nunca –dijo su amigo Kassius Black, cuya boda había sido una fabulosa ceremonia en Nueva Orleans.

Santiago esbozó una sonrisa.

–Un hombre puede cambiar de opinión, ¿no?

Los tres hombres estaban sentados en un enorme sofá del salón. Oficialmente, estaban celebrando el bautizo de Emma, que ya tenía seis semanas. De manera extraoficial, también era el banquete de boda y la casa estaba llena de familiares y amigos, incluyendo los hermanos de Belle. Estaban tomando champán, cerveza, carne a la barbacoa, maíz y helado casero. Era noviembre, la época de Acción de Gracias, pero Belle tenía sus propias ideas sobre cómo quería que fuese la fiesta.

–Diversión como en casa –le había dicho, con una sonrisa en los labios.

De modo que había una banda de música *country*,

para sorpresa de los invitados. Pero parecía gustarles y había gente bailando, niños correteando alrededor... ¿y había visto un golden retriever corriendo como loco por la casa?

El único familiar que no había acudido era su padre, el duque de Sangovia, que recientemente había contraído matrimonio con su antigua nuera, la famosa estrella de cine Nadia Cruz. Otro matrimonio de conveniencia. Santiago sentía escalofríos al pensarlo. Y esa era la gente con la que podría haber pasado el resto de su vida. Habría sido como una condena a cadena perpetua, si Belle no lo hubiera salvado. Si no le hubiera enseñado a arriesgar su corazón.

Si no le hubiera enseñado lo que era el amor en realidad.

Santiago miró a su hija, que se había quedado dormida en sus brazos. Después de seis semanas, empezaba a sentirse como un padre de verdad.

–Los bebés son adorables –comentó Kassius.

–Especialmente cuando duermen –añadió Darius.

–A eso me refería.

–Por los niños dormidos –Santiago levantó su vaso– y por las esposas bellas –añadió. Los tres brindaron con cuidado para no despertar a Emma.

Entonces vio a Belle entre la gente y, como siempre, se quedó sin aliento.

Era preciosa, el centro de su casa como era el centro de su mundo. El largo pelo castaño caía sobre sus hombros y el vestido rojo se ajustaba a su voluptuoso cuerpo. Sus ojos se encontraron entre la gente y fue como una descarga eléctrica.

Había pasado toda su infancia soñando con encontrar un sitio en el mundo. Un hogar, una familia. Y ese sueño se había hecho realidad, pero no como él había imaginado.

Él no había nacido en aquella familia, la había creado. Belle y él la habían creado. Desde la noche que se acostaron juntos y, por accidente, concibieron un hijo.

¿Había sido un accidente?, se preguntó entonces. ¿O era posible que siempre hubiera sabido, desde el día que conoció a Belle, que sería ella quien rompiese el hechizo?

Porque eso era lo que había hecho. Curiosamente, una vez Belle lo había comparado con un caballero andante, diciendo que mataría dragones por Nadia. Pero lo único que había hecho por Nadia era ganar dinero. Nunca había arriesgado nada. Nunca había salvado a nadie.

Belle sí lo había hecho.

Ella era la auténtica heroína. Ella era la que había salvado su alma y siempre le estaría agradecido por ese milagro.

Al día siguiente empezarían una luna de miel que duraría dos meses. Y llevarían a Emma, por supuesto. Belle había organizado aquella fiesta, así que él había insistido en organizar la luna de miel.

–¿Qué sitios te gustaría visitar?

–París –respondió ella inmediatamente–. Y Londres. Luego los mercados navideños en Alemania. Las luces de neón de Tokio. O tal vez... –Belle inclinó a un lado la cabeza–. ¿La gran barrera de coral? En fin, no sé. Me alegro de no ser yo quien tenga que elegir.

Pero al final tampoco lo hizo él. Porque iban a verlo todo. Emma sería una niña que habría viajado mucho antes de cumplir los seis meses.

Todo sería nuevo para Santiago también porque en aquella ocasión viajaría con el corazón.

Belle se acercó al sofá, sonriendo.

–¿Lo estáis pasando bien?

–Sí –respondieron los tres a la vez. Y tanto Darius como Kassius sonaban un poco «achispados».

–¿Quieres ayudarme a cortar la tarta, cariño?

–Por supuesto –Santiago se levantó, sujetando a la niña dormida sobre su pecho. Con la mano libre, tomó a su mujer por la cintura y la besó. Y no un besito suave sino uno largo y apasionado... hasta que empezaron a escuchar silbidos y aplausos de los invitados.

Belle se echó hacia atrás, riendo.

–¿Y eso?

–Este es el principio de toda una vida amándote –susurró él, acariciando su mejilla–. Quería hacerlo bien.

Belle apoyó la cabeza sobre su hombro y, por un momento, quedaron los tres unidos en un abrazo. Hasta que alguien gritó:

–¡Venga, vamos! Los niños han ido corriendo hacia la tarta y... ¿de quién es ese perro?

Riendo, Belle y Santiago, con su niña dormida, fueron a cortar la tarta. Y mientras brindaban con la familia y los amigos, él miró tiernamente a su esposa, que le devolvió una sonrisa llena de amor. Y entonces supo que, por primera vez en su vida, había encontrado un hogar.

Bianca

Una noche inesperada en la cama de su marido...

UN HEREDERO INESPERADO

ANNE MATHER

La imposibilidad de tener un hijo acabó con el matrimonio de Joanna y Matt Novak. Pero, cuando Joanna solicitó a su multimillonario marido el divorcio, este le dejó claro que estaba decidido a que permanecieran casados... en el más íntimo de los sentidos.

En medio de una acalorada pelea, estalló el deseo que los consumía y, prometiéndose que sería la última vez, Matt y Joanna se entregaron al placer de sus mutuas caricias.

Tras el tórrido encuentro, llegaron al acuerdo de separarse definitivamente... hasta que Joanna descubrió una pequeña consecuencia de su noche juntos: ¡estaba embarazada de Matt!.

¡YA EN TU PUNTO DE VENTA!